書下ろし

夢の浮橋

風烈廻り与力・青柳剣一郎㊷

小杉健治

JN210436

祥伝社文庫

目次

深川万年町一丁目
鋳掛け屋初蔵方
谷中大京寺
至 三ノ輪町
浅草
向島
至 押上村
不忍池
湯島天神
下谷
御成道
吾妻橋
本所横網町
神田川
両国橋
回向院
竪川
小伝馬町
牢屋敷
薬研堀
元柳橋
隅田川
新大橋
新高橋
小名木川
常盤橋
一石橋
浜町堀
呉服橋
御門
西河岸町
海賊橋
万年橋
高橋
仙台堀
楓川
霊岸島
永代橋
南町奉行所
京橋
八丁堀
数寄屋橋御門
北
西
東
南

浅草界隈
下谷坂本町
仏具商『天翔堂』
吉原
待乳山聖天
山谷堀
浅草寺
花川戸
東本願寺
稲荷町
浅草阿部川町
上野山下
不忍池
広徳寺
新堀川
駒形堂
浅草駒形町
棒手振り長吉方
三橋
下谷
広小路
三味線堀
元鳥越町
鳥越神社
池之端仲町
料理屋『はな家』
上野新黒門町
古道具屋『生駒屋』
筋違橋
昌平橋
柳橋
江戸城
柳原通り
和泉橋
柳森神社
八辻ヶ原
須田町

「夢の浮橋」の舞台

第一章　富札《とみふだ》

一

陽射《ひざ》しは強くなり、木々の緑は艶《つや》を増し、雲の色にも夏を感じさせるものがあった。町中では朝顔の苗売りや風鈴《ふうりん》売り、虫売りなどが流し歩いている。初鰹《はつがつお》の時季で、盤台《ばんだい》を天秤棒《てんびんぼう》で担《かつ》いだ魚売りが忙しそうに走り回っていた。初夏のさわやかな風が急に冷たくなった。西の空が暗くなっていた。天気が急変しそうだ。

少し早足になって、棒手振《ぼてふ》りの長吉《ちょうきち》は天秤棒を担いで八辻《やつじ》ヶ原《はら》を突っ切り、筋違御門《すじかいごもん》に差しかかった。籠《かご》に大根やかぶら、小松菜などの青物を載せ、江戸中を歩き回っている。きょうは日本橋《にほんばし》方面をまわったあと、下谷《したや》から入谷《いりや》を流しながら住まいのある駒形町《こまがたちょう》に向かうことにしていた。

御門を抜けて筋違橋を渡ろうとしたとき、橋の脇でうずくまっている年寄に気づいた。長吉は年寄が苦しそうなので声をかけた。

「とっつあん、どうしたえ」

「いや、たいしたことはねえ」

年寄が青ざめた顔を上げ、苦しげに言う。

「具合悪そうじゃねえか」

長吉は荷を下ろした。年寄の近くには鞴《ふいご》や鍋などがあり、鍋・釜《かま》を修繕する鋳《い》掛《か》け屋のようだ。

「いつもの発作《ほっさ》だ。流していてここまできたところで気分が悪くなったのだろう。

「いつもの発作だ。今、薬呑んだから、しばらくすれば落ち着いてくる」

年寄はぜえぜえ息をしながら言う。

「でも、苦しそうだぜ」

長吉は背中をさすってやった。鬢《びん》も白く、髪の毛も少なくなっている。色は浅黒く、顔に皺《しわ》が目立つ。五十半《なか》ばぐらいだろうか。

背中をさすっているうちに、信州《しんしゅう》にいる父親を思いだした。もう長い間会っていない。父親は長吉が棒手振りをして暮らしているとは想像もしていまい。

しばらくして、年寄の荒い呼吸が収まってきた。

「水を飲むかえ」

長吉は腰に提《さ》げていた竹筒をとり、年寄に手渡した。

ごくんごくんと年寄は喉《のど》を鳴らして飲んだ。

「すまねえ。だいぶ楽になった」

「そうかえ、よかった」

「持病の喘息《ぜんそく》だ。苦しいのは一時《いっとき》だけだ」

年寄が言うように顔色もよくなったように見える。

年寄は立ち上がろうとした。

「だいじょうぶかえ」

長吉は手を差し伸べる。

「ああ、もうなんともねえ」

年寄は尻を叩《たた》いて埃《ほこり》を落とした。

鞴や道具箱を提げた天秤棒を担いだが、歩こうとして年寄はよろけた。

「とっつあん、もう少し休んでいたほうがいいぜ」

「なあに、もう平気だ。若いの、世話になったな」

「世話ってほどのことはしてねえ」

「いや、助かったぜ」

「気をつけなすって」

年寄は八辻ヶ原を突っ切って須田町《すだちょう》のほうに向かった。心配になって見送っていたが、年寄は案外としっかりした足どりで歩いて行った。

だいじょうぶのようだと安心し、長吉は自分の天秤棒に手を伸ばした。そのとき、年寄がしゃがんでいたところに何か落ちているのに気づいた。

紙切れだ。それを拾《ひろ》った。書いてある文字を読む。

「『鶴の一六四二番』、これは……」

富札だった。谷中《やなか》にある大京寺《だいきょうじ》の富札。今の年寄が落としたものに違いないと長吉は思った。

大京寺の富札は一番富が千両、二番富は五百両、以下三百両、二百両と当たれば高額が手に入るので、以前から人気のある富札だ。

しかし、番号だけでなく鶴亀、松竹梅、雪月花などの組別になっていて全部で数千枚近くが発行されている。その中から当たるとはとうてい思えない。それに富札一枚買うにしても安いものではない。長吉も何度も一攫千金《いっかくせんきん》を夢見て富札を買おうとしたが、当たるはずがないのにそれだけの金を出すことに躊躇《ちゅうちょ》した。

だが、当たるとは思えないが、当たり札の発表があるまでの間、夢を持ち続けられる。

やはり、外れくじになるとわかっていても返すべきだと思い、長吉は天秤棒を担いで年寄を追った。

すでに八辻ヶ原に年寄の姿は見えなかった。須田町のほうに行ってみた。だが、通りに年寄の姿はなかった。

どこかの路地を曲がったのかもしれない。長吉は思い止《とど》まった。わざわざ追いかけて返すほどのことがあるのか――。

長吉は立ち止まって富札を財布の中に仕舞い引き返した。


入谷のほうから稲荷町《いなりちょう》に出て、暗くなってから浅草《あさくさ》駒形町の棟割り長屋に帰った。

長吉はきょうの稼《かせ》ぎを畳に広げる。親方に天秤棒の借り賃を支払った残りだ。

この中から明日の野菜の仕入れの金と貯《たくわ》えにまわす金を退《の》けると、僅《わず》かな金が残った。

この金で近くの一膳飯屋で酒を呑み、夕飯を食うのが長吉の楽しみだった。他の若い男たちは娘《むすめ》浄瑠璃《じようるり》や矢場女《やばおんな》などに現《うつつ》を抜かしているが、長吉は脇目も振らず商売に励んでいた。

二十二歳になる長吉は棒手振りをはじめて二年になる。四年前の十八歳のときに池之端仲町《いけのはたなかちよう》にある『阿曽屋《あそや》』という呉服問屋を理不尽な理由でやめさせられた。

十三歳から奉公をし、ようやく手代になろうとしたときだった。ひとり娘のおとよが、不良仲間との夜遊びが露顕《ろけん》したとき、長吉といっしょだったと主人に告げたのだ。

番頭は激怒し、有無を言わさず店をやめさせられた。おとよは長吉のための弁明を何もしてくれなかった。

そのことを思いだすと、胸に焼けつくような怒りが込み上げてくるが、なるたけ思いださないようにして前だけを見つめようとしていた。

自分で店《たな》を持って、『阿曽屋』の連中を見返してやりたい。それが長吉の生きる目標になっていた。

だが、棒手振り稼業《かぎよう》で三十歳までの八年間にいくら金が貯まるのか。絶望的になる。もっと野菜を仕入れて、今以上に売り歩かねばならない。

銭を財布に仕舞おうとして、先ほどの富札に気づいた。

長吉は広げた。

『鶴の一六四二番』。この札が一番富ならすぐにお店が持てるのだがと、長吉は札の数字を眺める。

一番富でなくても二番富、いや三番富でもいい。三番富でも三百両だ。

長吉は店を持ったときのことを思い描いた。出来たら、池之端仲町に店を構えよう。『阿曽屋』の近くだ。

そして、いつか客として『阿曽屋』に行く。主人や番頭、朋輩《ほうばい》たちがどんな顔を見せるか、楽しみだ。

にやにやしたが、ふと我に返った。そんな夢みたいなことが起きるはずないと、長吉は深くため息をついた。


鋳掛け屋の初蔵《はつぞう》は深川万年町《ふかがわまんねんちょう》一丁目の与兵衛店《よへえだな》に帰ってきた。

初蔵が腰高障子《こしだかしょうじ》を開けると、倅《せがれ》の初次《はつじ》が部屋で待っていた。初蔵は思わず顔をしかめ、

「来ていたのか」

と、吐き捨てるように言う。

「ああ」

初次は自嘲ぎみに笑った。

初次の前に徳利《とっくり》と湯呑みが出ていた。

初蔵は厳しい顔のまま部屋に上がって徳利を摑《つか》んだ。軽くなっている。初蔵は舌打ちした。

「金ならねえ」

初蔵は先回りをした。

「そんなこと言わねえでくれ。少しでいいんだ」

「ばか野郎。この前、なけなしの三両を渡したはずだ。おめえ、まさかその金で賭場に……」

初蔵は啞然《あぜん》として、

「二度と博打《ばくち》はやらねえと誓ったんじゃねえのか」

博打で負けた金を払わなきゃ簀《す》巻《ま》きにされて大川《おおかわ》に投げ込まれる、と泣きついてきた。もう二度と博打はやらないと誓わせ、金をやったのだ。

「仕方なかったんだ」

「何が仕方ねえだ。二度とやらねえと約束したはずだ」

「負け金を払ったあと、残った金でつい……。負けを取り返せるかもしれないと思ったんだ。でも、だめだった」

「ばか野郎。はなから博打をやめるつもりはなかったんだな」

「今度こそ、やめる。だから、少しでもいいんだ」

「この前のぶんで最後だ。なけなしの金をおめえに渡したんだ。博打はやらねえというおめえの言葉を信じてな」

「………」

「初次、鋳掛け屋の稼ぎなんかたかが知れているんだ。俺も若いころみたいに方々《ほうぼう》を歩けねえ。生きていくのに精一杯なんだよ」

「おとっつあん。この前、富札を持っていたじゃねえか。もしかしたら、あの富札が当たるかもしれねえぜ」

「何言ってやがる。富札が当たるわけはねえ」

「そうかな。もし当たったら、俺も半分もらうぜ。『鶴の一六四二番』だ。ちゃあんと頭に入っている」

三日前、下谷広小路《ひろこうじ》の雑踏《ざっとう》の中で、三十前と思《おぼ》しき男が商人ふうの男の懐《ふところ》から財布を抜き取ったのを見た。

そのとき、初蔵はその男のあとを追い、不忍池《しのばずのいけ》にある弁天堂《べんてんどう》の裏で掏《す》りとった財布を開いているところに声をかけた。

「鮮やかな手口だったたな」

「誰でえ」

男は身構えた。

「悪いことは言わねえ。そいつは返すんだな」

「なにを言っているのか、さっぱりわからねえ」

「とぼけるんじゃねえ。下谷広小路でおめえが商人ふうの男から掏りとったのを見ていたんだ」

「おめえは何者だ？」

「しがねえ鋳掛け屋よ。そんな稼業はいつまでも続けられるもんじゃねえ。三十過ぎれば指先の動きだって鈍《にぶ》くなる。いつか捕まって獄門《ごくもん》だ。俺はそんな連中をたくさん見てきたぜ」

「ふん、爺《じじ》い。よけいなことを言いやがって」

「悪いことは言わねえ。もう悪さをするな」

「うるせえ」

「そんなに喚《わめ》くんじゃねえ」

初蔵は一喝《いっかつ》する。

男は口を半開きにしたまま、唖然としていた。

「おめえ、住まいはどこだ？」

「阿部川町《あべかわちょう》だ」

「長屋の名は？」

「そんなことまで教えられるか。ほれ、おめえから返しておきやがれ」

男は財布を初蔵の足元に放り投げ、そのまま着物の裾《すそ》をつまんで逃げ出した。

「待て」

初蔵は呼んだが、男は振り返りもせず、走り去って行った。

財布を拾ったが金はなかった。どうやら、男が抜き取ったらしい。初蔵は舌打ちした。

財布だけ返しに行ったら、かえって自分が金を抜き取ったと疑われるだけだ。

それに、商人ふうの男の身元もわからない。

念のために財布の中を検《あらた》めて、一枚の紙切れを見つけた。富札だった。持ち主の身元がわかるものはなく、初蔵は富札だけとって財布は捨てた。高価そうな財布だったが、持っていても意味がなかった。

その富札をたまたま初次が見つけたのだ。

「富くじなんかに頼るんじゃねえ。地道に働くんだ」

富くじは寺社《じしゃ》などの普請料《ふしん》を集めるために公《おおやけ》に許されたものだ。寺社奉行《ぶぎょう》の許しを得て勧進元《かんじんもと》になることが出来る。

中でも谷中の感応寺《かんのうじ》、目黒不動《めぐろふどう》、湯島天神《ゆしまてんじん》で行なわれる富くじは江戸の三富と呼ばれ、人気があった。その他の寺社でも行なわれていて、一番富は一千両になるものもある。

「地道に働いてどうなるんでえ」

「なに？」

「そうじゃねえか。おとっつあん、幾つになるんだ？　五十五歳だろう？」

「そうだ。それがどうした？」

「地道に働いてきて、今はどうだ？　仕合わせか」

「おめえがまっとうに暮らしてくれていたらな。それだけが悩みの種だ」

「ちっ」

初次は舌打ちをし、

「あの女がおとっつあんに愛想《あいそ》を尽かして出て行かなければ、俺だってまっとうになっていたさ」

「自分の母親を、あの女なんて呼ぶんじゃねえ」

初蔵はいらだって言う。

「あの女で上等だ。おとっつあんとまだ七歳の俺を捨てて若い男と逃げた女を母親だなんて思えるはずはねえ」

「よせ。そんな話」

「だが、あの女の気持ちもわかるぜ。貧しい暮らしに堪《た》えられなかったんだ」

「分相応《ぶんそうおう》ってものがある。あいつは……」

初蔵は言いさした。

つましい暮らしにも、仕合わせはあった。親子三人の狭い長屋には笑顔があふれていた。遅くまで働き、疲れて家に帰っても、幼い初次のふっくらとした顔を見れば、また次の日も元気に町中を歩きまわれた。女房が家を出て行くまでは……。

あれから十五年だ。今さら、逃げた女房の悪口を言ってもしかたない。

「地道に暮らしての貧乏暮らし。それでいいのか」

初次はやりきれないように言う。

「悪いことをするよりはましだ」

「そうかね」

初次はふと寂しげに言う。

初蔵はため息をつき、

「初次、今あるのはこれだけだ」

と、巾着《きんちゃく》を逆さにして銭を落とした。百文ぐらいだろうか。

「これっぽっちじゃどうしようもねえ」

そう言いながら、初次は銭を拾った。

それを冷たい目で見つめ、

「もう一度親方のところに行って修業し直せ」

と、初蔵は強く言った。

初次は十二歳のときから、指物師《さしものし》の親方の家に住み込んでいたが、十八、九から博打を覚え、ついにのめり込んで二年前に親方から破門された。

その後、根津《ねづ》遊廓《ゆうかく》で客引きをやっているらしいが、相変わらず博打から抜け出せないでいるのだ。

「俺は職人には向いてねえようだ」

「そんなことはねえ。親方も、見込みがあると言っていたんだ」

「腕の問題じゃねえ。俺は商売のほうが向いている。富くじが当たったら、その金で商売をはじめるさ」

「ばか言え。当たるはずはねえ」

「当たったらの話だ。俺だって、本気で当たるなんて思っちゃいねえ。夢ぐらい見ても罰《ばち》は当たらないだろう」

初次は自嘲ぎみに笑い、

「さてと」

と、腰を上げた。

「初次、博打はだめだ。やめるんだ」

「おとっつあん、心配いらねえよ」

土間に下りて言い、初次は戸を開けて出て行った。

初蔵は気持ちが沈んだ。

女房だったおきんは料理屋の女中だった。恋仲になって、三十のときに所帯《しょたい》を持った。そのときから鋳掛け屋に弟子入りをして、やっと堅気《かたぎ》の仕事についたのだ。人には言えない過去を捨て、まっとうに生きることを決めた。

三年後に初次が生まれ、ささやかだが仕合わせな暮らしをしてきた。だが、初次に手がかからなくなった頃からおきんに変化が現われた。宮地《みやち》芝居の役者に夢中になって、初蔵が稼いだ金をその役者に注ぎ込むようになったのだ。

気がついたとき、初蔵がこつこつ貯めていた金はすべて使われていた。貢《みつ》ぐ金がなくなって、おきんはようやく目が覚めた。

泣いて謝ったので、初蔵も許し、なんとかやり直そうとしたが、三年後に今度は別の役者に夢中になった。初次の面倒も見ず、家を空けた。

初蔵が叱るたびに、ごめんなさいと謝るが、初次が七歳のとき、それまで貯めた小金をすべて持って家を出てしまった。

長屋のかみさんの話では、おきんは味気ない毎日で苦しいと言っていたという。勝手な女だと思った。

七つだった初次は、おっかあといっしょじゃなければいやだと、飯を食おうとしなかった。それでも空腹に勝てず、飯を食べはじめるがいつも残した。夕方になると、決まって長屋の木戸口に立ち、母親の帰りを待っていた。夜中にふいに目を覚まし、おっかあと叫んで辺りを見回す。そんな初次を見て、初蔵は胸が張り裂けそうだった。

もちろん初蔵も、おきんを捜したが、見つけることが出来なかった。芝《しば》のほうに似ている女がいると聞けば、飛んで行った。四谷《よつや》にいるらしいと聞けば歩きまわった。

おきんがいなくなって十五年経《た》つ。もう今ではおきんは死んだものと思っている。

感傷を振り払うように巾着を仕舞おうとしたとき、初蔵はおやっと違和感を覚えて手を止めた。

その正体はすぐわかった。

富札だ。ここに入れておいた富札がない。立ち上がって辺りを探す。まさか、初次が持って行くはずはない。

どこかで落としたのか。あっと思いついたのは筋違橋の袂でのことだ。喘息の発作が起き、うずくまった。

巾着に入れておいた薬を取りだしたとき、落としたのかもしれない。あのとき親切に声をかけてくれた若者は気づいただろうか。気づいて拾ったとしても、あの若者の名も住まいも知らないのだ。

青物を扱う棒手振りのようだったが、そんな棒手振りは江戸に何百人といるだろう。

しかし、苦労して富札を探し出したとしても、いずれただの紙切れ同然になることがわかっているのだ。これが当たり札ならたいへんだが、そんな幸運が舞い込むことはあり得ない。

そう思うと、富札のことなどどうでもよくなった。それより、初次の先行きが心配だった。こっちが先にくたばるのだ。そのあと、初次はまっとうに生きて行けるだろうか。このままやくざな暮らしから抜け出せなくなるかもしれない。

初蔵は、過去の自分と生き方まで似てきた伜の行く末を思い、やりきれないように深いため息をついた。

二

浜町堀《はまちようぼり》に男が浮かんでいるのを最初に見つけたのは、風烈廻《ふうれつまわ》り同心《どうしん》の磯島源《いそじまげん》太郎《たろう》だった。昼過ぎから風が強くなり、風烈廻り与力《よりき》の青柳剣一郎《あおやぎけんいちろう》も同心の磯島源太郎と大信田新吾《おおしだしんご》と共に見回りに出ていた。

本郷《ほんごう》から下谷を通り、浅草を経《へ》て蔵前《くらまえ》から浅草御門を抜け、横山町《よこやまちょう》から浜町堀にやってきた。夜になって風が収まり、奉行所に帰る途中だった。

先頭を歩いていた源太郎は何気なく橋の上から暗い堀を見て、あっと叫んだのだ。

「新吾、あれは何だ?」

源太郎は新吾に声をかけた。

「なんですか」

「あれだ?」

源太郎が指を差す。

供の小者《こもの》が提灯《ちょうちん》で照らすが、明《あか》りは届かない。

剣一郎もふたりと並んで堀を見た。黒いものが浮かんでいる。

「ひとだ」

剣一郎は気がついて言う。

「あっ」

新吾も短く叫んで、

「土左衛門《どざえもん》ですね。男のようだ」

と、呟《つぶや》く。

「自身番《じしんばん》に知らせるのだ」

剣一郎は供の者に言う。

「はい」

供のひとりが駆けだして行った。

「ここはわしひとりでいい。ふたりは奉行所まで見廻りを続けてくれ」

剣一郎は源太郎と新吾に言う。

「わかりました」

自身番から供の者が戻って、源太郎と新吾は見廻りを続けるためにその場から離れて行った。

その後、町役人や鳶《とび》の者たちの手で亡骸《なきがら》は引き上げられた。町役人が照らした提灯の明りで亡骸を見る。

三十前の男だ。顔が腫《は》れていた。殴《なぐ》られた痕のようだ。長く水に浸《つ》かっていたとは思えない。

剣一郎は心ノ臓の辺《あた》りに傷があるのを見つけた。殺されてから川に捨てられたのだ。それも、死んでからせいぜい半刻《はんとき》（一時間）ぐらいだろう。

今は五つ（午後八時）ごろだから六つ半（午後七時）ごろに殺されたようだ。

しばらくして、南町定町廻《みなみまちじょうまちまわ》り同心の植村京之進《うえむらきょうのしん》がやってきた。

「青柳さま」

剣一郎は青痣《あおあざ》与力と呼ばれ、江戸の人々から尊敬と信頼を受けているが、京之進もまた剣一郎に心酔《しんすい》しているひとりだった。剣一郎は密命を受けて数々の難事件を解決に導き、定町廻り同心を助けてきた。

「夜分《やぶん》、ごくろう」

八丁堀《はっちょうぼり》の屋敷からやって来たのだ。

「ひょっとして、青柳さまは風烈廻りの見廻りで？」

「うむ。最初に気づいたのは礒島源太郎だ」

「そうでございましたか。では」

京之進はさっそくホトケの顔を見た。

「やっ、こいつは……」

京之進が声を上げた。

「知っているのか」

「はい、平太《へいた》という掏摸《すり》です」

「掏摸？」

「はい。主に下谷広小路から浅草奥山《おくやま》にかけて稼いでいますが、祭礼があると、深川にも行きます。仲間うちのいざこざかもしれません」

京之進は目鼻がついたように言う。

「では、わしは行く」

剣一郎は京之進に託《たく》して源太郎らのあとを追った。

翌朝、髪結いが引き上げたあと、剣一郎が濡《ぬ》れ縁《えん》に出ると、庭で待っていた太《た》助《すけ》が近寄ってきた。二十五歳のすっきりした顔だちの男だ。

「太助、早いな」

「へえ、きょうはなんだか気持ちが昂《たかぶ》ってましてね。早く目が覚めたし、青柳さまの御用があればと」

「何があったんだ？」

「何がというわけじゃないんですがね」

太助はにやつきながら言う。

「なんだかうれしそうではないか。何かいいことでもあったのか？」

「いえ、まだです」

「まだ？」

「へえ」

また、太助の顔から笑みがこぼれた。

「何がそんなに楽しいのだ？」

「へえ。明日、谷中の大京寺で富くじの抽選があるんです」

「太助は富くじなど買うのか」

剣一郎は意外そうにきいた。

「へえ。一番富は一千両ですからね。なにしろ、大京寺の富くじは当たりくじが多いんです。組違いでも当たりくじと同じ番号なら金がもらえます」

「富くじが当たると思っているのか」

剣一郎は呆《あき》れ返ってきく。

「じつは……」

太助は真顔になって、

「今朝《けさ》方、夢を見たんです。白い髭《ひげ》の爺さんが現われて、一番富の番号は松の二三三二だとお告げをしたのです。その番号、あっしが持っている番号なんですよ」

「それは……」

自分がその番号を覚えているから夢に出てきただけだと言おうとしたが、本人が夢のお告げだと信じているようなので、剣一郎はあえて口にするのをやめた。

「金が入ったらどうするつもりだ?」

剣一郎はためしにきいてみた。

「さあ」

「さあ?」

「特にはありません。だって、今はこのままで楽しいですから。好きな猫を相手にして食べていけるし、青柳さまのお手伝いも出来る。今のままで十分です」

太助は猫の蚤《のみ》取りを商売にしている。猫を飼う人間は多く、猫の蚤取りは流行《はや》っている。蚤取りだけでなく、いなくなった猫を捜す仕事もしている。

ある事件がきっかけで知り合い、今では剣一郎の手足となって働いてくれている。

「太助も男だ。吉原《よしわら》で遊びたいとは思わないのか」

「そんな気はありません」

「だったら、金など、いらぬではないか」

「年をとったときのために……。それに」

太助は少し間を置いて、

「金があると、気持ちの上でも余裕が出来るんじゃないですか」

「太助は今のままで十分だ。金があると、太助も変わってしまうかもしれぬ」

「そんなことありません」

太助はむきになって言う。

「まあいい。それより肝心《かんじん》なことがある」

「なんでしょうか」

「まず、当たらないだろうということだ」

剣一郎は冷めた声で言う。

「へえ。でも、ひょっとしたらってこともありますから」

「そうよな」

剣一郎は苦笑した。

太助は金を手に入れたいというより、賭けを楽しんでいるのかもしれない。

「太助なら心配なさそうだ」

「何がですかえ」

「大金が当たっても道を誤ることはなさそうだ」

「へえ」

「まあ、大金が入ったら、困っているひとのために使うのだな」

「わかりました」

太助は明るい声で言い、

「何かお手伝いすることはありませんか」

「いや、今日のところは何もない」

「じゃあ、これから商売に行ってきます」

「気もそぞろで商売に身がはいるのか」

「へえ。だいじょうぶです」

太助は勇んで引き上げて行った。

出仕《しゅっし》して、剣一郎は年番方《ねんばんかた》与力の宇野清左衛門《うのせいざえもん》に呼ばれた。

年番方の部屋に行くと、いつものように清左衛門は早く出仕していたようで、文机《ふづくえ》に向かっていた。

清左衛門は金銭面も含めて奉行所全般を取り仕切っており、奉行所一番の実力者だ。

「宇野さま。お呼びでございましょうか」

剣一郎が声をかけると、清左衛門は文机の上の書類を片づけ、

「長谷川《はせがわ》どのがお呼びだ」

と、顔をしかめて言う。

内《うち》与力の長谷川四郎兵衛《しろべえ》のことだ。

清左衛門といっしょに内与力の用部屋の隣にある部屋に行くと、すぐに長谷川四郎兵衛がやって来た。

「ごくろう」

剣一郎は低頭して迎えたが、四郎兵衛は軽く会釈《えしゃく》をしただけだ。

内与力の長谷川四郎兵衛はもともとの奉行所の与力でなく、お奉行が赴任と同時に連れて来た自分の家臣である。お奉行の威光を笠に着て、態度も大きい。ことに、剣一郎を目の敵《かたき》にしている。

だが、そんな四郎兵衛も、奉行所一番の実力者である清左衛門には気をつかっている。清左衛門にへそを曲げられたら奉行とて何も仕事が出来ないからだ。

「長谷川どの、ご用件を伺《うかが》いましょう」

清左衛門が促す。

「されば……」

四郎兵衛はおもむろに切りだす。

「昨今《さっこん》、富くじが流行っておるようだ」

つい先ほど、太助から聞いたばかりだったので、剣一郎は驚いた。

明和《めいわ》年間（一七六四〜七二年）に富くじは盛んだった。ところが、老中松平《ろうじゅうまつだいら》定信《さだのぶ》の寛政《かんせい》の改革で規制が強化されたが、文政《ぶんせい》の世になってまた富くじが盛んになっていた。今では三日に一度はどこかしらで富くじが行なわれている勘定だ。

「これも厳しい世情ゆえでしょう」

清左衛門が応じる。市中の景気も良いとは言えない。

「うむ」

四郎兵衛が難しい顔で頷《うなず》く。

「富くじが何か」

剣一郎がきいた。

「陰富《かげとみ》だ」

「陰富？」

「富くじばかりでなく、陰富が流行っているらしい」

四郎兵衛が顔をしかめて言う。

陰富とは、富くじとは無関係の者が勝手に富札を売り、本物の当たりくじと同じ番号の富札の持ち主に配当を与えるものだ。

富くじは、公儀の許可を得た寺社が、勧進のために行なっている。寺社の普請のために金を集める名目であった。

また、ほんとうの富くじの富札は一枚一分、安いものでも二朱もして、長屋の住人にはとうてい手が出ない。何人かで共同で富札を買う手もあるが、当たった場合の金の分け前でもめることもありうる。

そんな中で、陰富の富札はほんものに比べると格段に安く、庶民も手を出しやすい。分け前も少ないが手軽に買える陰富が盛んになってきた。もちろん、陰富は御法度《ごはっと》である。

「取り締まるおつもりですか」

剣一郎は確かめる。

「うむ。しかし数も多く取り締まるのはなかなか難しい」

四郎兵衛は厳しい表情のままため息をもらし、

「ただ、数ある陰富の中で、ちょっと捨て置けぬものがあるのだ」

「なんでござるか」

清左衛門が身を乗り出した。

「じつは、小普請《こぶしん》組のある旗本《はたもと》が陰富を取り仕切っているという密告があったそうだ」

「密告？」

「ご老中にだ」

「その旗本とはどなたでござるか」

清左衛門は確かめる。

「いや。旗本の名はわからぬ」

「わからない？」

「そうだ。ただ、これが事実だとしたら由々《ゆゆ》しきこと。ご老中よりお奉行にこの件を調べるようにとの頼みが……」

「密告した者はどこの誰なのですか」

剣一郎は確かめる。

「わからぬ」

「それもわからない？」

剣一郎は思わずきき返した。

清左衛門も呆れたように、

「旗本の名もわからぬ。密告者もわからぬ。では、いったい何がわかっているのでござるか」

と、きいた。

「なにもない」

「なんと」

清左衛門は大仰《おおぎょう》に目を見張り、

「では、何を手掛かりに探索をせよと」

と、強い口調で迫った。

「陰富を売っている者から辿《たど》るしかない」

「片っ端から捕まえて口を割らせるということでござるか」

「そういうことだ」

四郎兵衛は渋い顔のまま、

「昨今は、一攫千金を夢見て富くじを買い、当たればあとは遊んで暮らそうと思っている者や、富くじを買うために働いている者が多い。陰富を規制するためにも、裏で仕切っている旗本を突き止めてもらいたい。これがお奉行の言葉でもある」

最後は、四郎兵衛は高圧的に言った。

「わかりました。やってみます」

剣一郎は請《う》け合った。

「うむ。では、頼んだ」

四郎兵衛はすぐ立ち上がった。

「無茶だ。手掛かりがないに等しいではないか」

清左衛門は吐き捨て、

「あの御仁《ごじん》は最後は必ずお奉行を持ちだして従わせようとする」

と、不快を露《あらわ》にした。

「確かに、本富以外に陰富が横行している今の様子は決してよいとは言えません。陰富に関わっている者を地道に探し出して胴元《どうもと》に迫っていきます」

「しかし、陰富の胴元は何人もいよう」

清左衛門は不安を口にする。

「案外と横の繋《つな》がりがあるやもしれません。ともかく、やってみましょう」

「そうか。いつもながらの無茶な頼みだが、よろしく頼む」

清左衛門はすまなそうに言う。

富くじは太助も夢中になっていた。今の若い者はみな一攫千金を夢見る傾向があるのだろうか。

陰富の実態を探るいい機会だと、剣一郎は思った。

三

その日の昼下がり、初蔵は鋳掛け屋の道具を持って商売に出た。自分の商売そっちのけで、棒手振りを見かけると、目を凝《こ》らした。

きのうと同じ時間に筋違御門にやってきた。あの若い野菜売りの棒手振りに会えるかもしれないと淡い期待を持ったのだ。

しかし、そううまくことが運ぶわけはなかった。あの男は筋違橋を渡って行ったのだ。下谷のほうに行ってみようと思い、筋違橋を渡った。

初蔵は御成道《おなりみち》から下谷広小路を通って上野《うえの》山下まで行った。そんな簡単にあの男に会えるとは思えない。

それに、富くじが当たるとは思えない。そのとき、富札が初蔵の手に入ったきっかけを作った掏摸の男を思いだした。

阿部川町に住んでいると言っていた。車坂町《くるまざかちょう》の角を曲がって浅草方面に向かい、初蔵は阿部川町を目指した。

新堀川《しんぼりがわ》の手前を右に折れると、阿部川町だ。どこの長屋かはわからない。あの男の名前もわからないのだ。

長屋の連中は掏摸だとは知らないだろうから、それを手掛かりにすることは出来なかった。

目の前にあった長屋木戸から岡《おか》っ引《ぴ》きが出てきた。初蔵にちらっと目を向けて通り過ぎて行った。

初蔵は木戸の奥を覗《のぞ》いた。数人の男女がたむろしていた。異変を察して、初蔵は木戸を入った。

「間に合ってるよ」

長屋の女房らしい肥えた女が声をかけた。

「いえ、商売じゃないんです。今、親分さんが出て行かれたので何かあったのかと思いましてね」

初蔵は言い訳をする。

「おまえさんは鋳掛け屋だろう?」

鬢に白いものが目立つ男が胡乱《うろん》げにきいた。

「へえ、じつはきのう喘息の発作が起きて道端で苦しんでいるとき、二十七、八歳の男のひとに助けていただいたんです」

棒手振りの男の話を持ちだして言い訳をし、

「名前は教えていただけませんでしたが、阿部川町に住んでいるとだけは聞いたので、こうして捜していたんです。そしたら、親分さんがこちらから出て来たので、何かあったのかと……」

掏摸の疑いで、お縄になったのではないかと不安になったとは、口に出せなかった。

「どんな感じの男だね」

鬢の白い男がきいた。

「へえ、細身でした。目も細かったようです」

「平太だ」

鬢の白い男が言う。

「平太さんですか。今、いらっしゃるでしょうか」

「いるといえばいるが……」

「どういうことでしょうか。まさか、さっきの岡っ引きに？」

「そうじゃないよ」

肥えた女が口を入れた。

「平太さんは死んだよ」

「死んだ？」

初蔵は耳を疑った。

「昨夜、浜町堀に浮いていた。殺されて、投げ込まれたようだ」

「いってえ、誰に……」

「まだ、わからねえよ。そのことで、親分さんが聞込みに来たんだ」

「そうですかえ」

初蔵は頷いてから、

「で、平太さんの亡骸はこちらに？」

と、きいた。

「ああ、ここだ」

男は目の前の腰高障子を示した。

「お線香を上げさせてもらえませんか」

初蔵は平太があのときの掏摸かどうか確かめたくて頼んだ。

「ホトケも喜ぶでしょう」

男はすぐに初蔵を案内した。

道具を路地の端に置き、初蔵は土間に入った。

白い布を顔にかぶせられてホトケが横たわっていた。枕頭に逆さ屏風《びょうぶ》。経机《きょうづくえ》の上で線香が煙を上げていた。

だが、ホトケのそばには誰もいなかった。

初蔵は経机の前に座り、線香を上げて合掌《がっしょう》した。

いっしょに入ってきた鬢の白い男に、

「お顔を拝ませていただいてよろしいですかえ」

と、初蔵はきいた。

「どうぞ」

初蔵は膝で進んで、ホトケの顔を覗き込むようにして白い布をはずした。顔のところどころが腫れていた。目を閉じているが、頬骨《ほおぼね》の突き出た顔は見覚えがある。あのときの掏摸に間違いなかった。

「なぜ、こんなことに……」

初蔵は呟き、

「親分さんはどう言っているんですかえ」

と、きいた。

「拷問《ごうもん》を受けたようだと言っていたな。それより、平太について妙なことを言っていた」

「妙なこと？」

「うむ」

男は難しい顔をした。

「平太さんは掏摸だったそうよ」

女房が口を入れた。

「掏摸？」

「だから、掏摸仲間から何らかの仕置きを受けたのかもしれないと言っていたわ。さっき来たのも掏摸仲間が弔問にやってきていないか確かめに来たのよ」

「掏摸仲間を調べているのか」

初蔵は首をひねった。掏摸仲間の掟《おきて》を破ったために仕置きを受けたとは考えにくい。殺すほどの仕置きはおかしい。

掏《す》られた男……。初蔵は平太が下谷広小路で商人ふうの男から財布を掏りとったところを思いだしてみた。

商人ふうの男は平太とぶつかったあと、去って行く平太を目で追っていたことを思いだした。

初蔵はすぐに平太のあとを追ったので、商人のことを見ていなかったが、あの男は、平太が掏摸だったとあとで気づいたのではないか。

それで、仲間に平太を捜させた。あの男は掏摸の顔役のところに行き、特徴を言って平太のことを探り当てたのではないか。

財布には大金が入っていたのかもしれない。だから、掏摸を見つけようとしたのだろうが、拷問にかけていることがわからない。

盗んだ金のありかを言おうとしなかったので、拷問にかけたとも考えられるが、そこまでして金を取り返したかったのだろうか。それほどの大金だったのか。

初蔵は平太の家を辞去し、長屋を出て新堀川沿いを蔵前のほうに向かいながら、拷問にかけた理由を考え続けた。

弁天堂の裏で声をかけたとき、平太はしけた顔つきだった。財布を放り投げて初蔵の前から去って行ったのを、その前に金だけを抜き取ったと考えたが、いくら大金が入っていたとしても財布にはそれほど入らないだろう。拷問にかけてまで問い質《ただ》す金額ではなかったのではないか。

だとすると、他の理由がある。あの財布には大事な書付《かきつけ》かなにかが入っていたのかもしれない。それを平太が持って行ったのか。

財布を盗まれた男は何を取り返そうとしていたのか。

財布に残っていたのは富札だけだ。これが当たりくじならわかるが、抽選はこれからだ。明日、谷中の大京寺で行なわれる。まさか都合よく当たるとは思えない。

そんなものを、殺しまでして奪おうとするはずはない。

あれこれ考えると、掏られた者が取り返そうとしたという考えは成り立たない。やはり、掏摸仲間の仕置きか。そう考えるほうが自然かもしれない。

他人の縄張りで仕事をしていたことがばれて、制裁を受けたのではないか。多少の関わり合いだったが、平太の死をいたみながら、鍋・釜の修繕で町中をまわった。

夕方になって、初蔵は深川万年町一丁目に帰ってきた。与兵衛店に向かって行くと、

「もし」

と、男に呼び止められた。

「へい」

初蔵は立ち止まって振り返る。

「この先の寺の者ですが、鍋と釜の修繕をお願いしたいんです。よございますか」

三十半ばぐらいの顎《あご》の長い男だ。着流しでどこか荒《すさ》んだ感じがする。

「へえ、もちろんでございます」

寺男とは思えないが、初蔵は素直に応じた。

「じゃあ、こっちへ」

男のあとについて寺が並んでいる通りに出た。

「こちらです」

幾つかの寺を過ぎて、ある山門の前で男は立ち止まった。

男といっしょに山門をくぐる。庫裏《くり》に行くのかと思っていると、そのまま本堂の脇を過ぎて、墓地のほうに向かった。

「どこまで行くんですかえ」

不審に思って、初蔵は男に声をかけた。

「もうすぐです」

男は墓地の脇にある木立《こだち》のほうに向かう。

さすがに初蔵はおかしいと気づいて立ち止まった。辺りは薄暗くなってきた。

「おまえさん。誰なんだ？」

初蔵は誰何《すいか》する。

男は振り向いた。顔つきが変わっていた。

「四日ほど前、下谷広小路で平太という掏摸が商人から財布を盗んだ。その掏摸から財布を奪ったな」

「なんのことか」

「とぼけるんじゃねえ。おめえが平太から財布を横取りしたことはわかっているんだ」

「そんなことはしちゃいねえ」

「素直に言うほうが身のためだ」

初蔵はどうして自分のことがわかったのかと思った瞬間、あっと気づいた。

「平太を殺したのはおめえか」

初蔵は問い詰める。

「そうだ。盗まれたものを取り返すためにな。面《つら》を殴ってちょいと脅したら、財布は鋳掛け屋の年寄に盗《と》られたとぬかしやがった。それで、鋳掛け屋を片っ端から訊《たず》ね、おめえのことがわかったんだ。どうだ、恐れ入ったら、素直に喋《しゃべ》りやがれ」

すっと、背後から男が現われた。前からもひとり。都合三人になった。いずれも人相はよくない。

「どうやら、捜していた男に間違いないようだな」

新たに現われたいかつい顔の男が言った。

「財布は盗ったんじゃねえ。平太が捨てて行ったんだ。金は平太が抜き取ったはずだ」

初蔵は荷を下ろして言う。

「金もそうだが、金以外に何か入っていただろう」

「何もねえ」

「嘘《うそ》つくんじゃねえ」

「ほんとうだ。大事なものなんてなかった」

「富札はどうだ?」

「富札?」

初蔵は怪訝《けげん》そうな顔をした。

「そうだ。富札が入っていたはずだ」

「………」

「どうだ？」

「あった」

初蔵は正直に答えて続けた。

「だが、富札がそんな大事なものとは思えねえ。当たるかどうかもわからねえんだ。いや、当たりっこねえ」

「そんなことはどうでもいいんだ」

顎の長い男が言い、

「富札を返してもらおう」

と、懐に手を入れて迫った。匕首《あいくち》を呑んでいるようだった。

「ない」

初蔵は首を横に振った。

「ふざけるな」

他のふたりも匕首を抜いて迫った。

なぜ、これほど富札一枚にこだわるのだと、初蔵は不思議に思った。

「なぜ、そんなにあの富札が大事なのだ?」

「おめえには関わりのねえことだ。さあ、出してもらおう」

「ねえ」

「ねえだと？」

「落としてしまったんだ」

「ふざけるな」

「ほんとうだ」

「おめえの長屋の部屋はしらみ潰《つぶ》しに探させてもらった。確かになかったぜ。あとはおめえが持っているか、さもなくば、おめえの伜だ」

「なに？」

「おめえには初次っていう伜がいるそうだな。長屋の住人が言っていた。ときたま、おめえに金をせびりに来るって聞いたぜ」

「伜は関係ねえ」

「おめえが持ってなければ初次が持っているに違《ちげ》えねえ」

「待ってくれ」

　初蔵は訴える。

「ほんとうに落としてしまったんだ」

「もういい。あとは初次を問い詰めるだけだ」

　この連中は初次を殺すかもしれないと思った。こんな目をする奴らを初蔵は知っていた。

「青物を振り売りしている若い男だ。たぶんそいつが拾って持っていった。名前は知らねえ」

「信じられねえな」

「ほんとうだ。筋違橋の袂《たもと》で喘息の発作で苦しんでいるとき、声をかけてくれたのがその男だ」

　初蔵はそのときの様子を話した。

「もういい、そんな言い訳ききたくねえ。おめえにもここで死んでもらうぜ。そのあと、初次の番だ」

「待ってくれ」

　初蔵はとってもまだ動ける。初蔵はこの三人を振り切る自信はあった。だが、初蔵が逃げたあと、この連中は初次に狙いを定めるだろう。

初次はこの三人の言うことを聞かず、歯向かうだろう。危険だと思った。それを回避する手立てはひとつだけだった。

「明日の昼まで待ってくれ」

初蔵は訴える。

「大京寺の抽選にその男が来るかもしれない。いや、来るはずだ。俺が男を見つけて、富札を取り返す」

富札を持っていれば、当たりくじが気になるはずだ。

「俺をここで殺《や》ったら富札は戻らねえ。それより、俺が大京寺に行って男を捜したほうがいい」

顎の長い男の顔つきが変わった。

「嘘じゃねえな」

「ほんとうだ」

「よし。信じよう。もし裏切ったら、おめえの伜も殺るぜ。俺たちは初次の居場所を知っているんだ」

「わかった」

「明日の朝四つ（午前十時）までに寺に来い。本堂脇に銀杏《いちょう》の大樹がある。そこで待っている」

顎の長い男が言い、匕首を鞘《さや》に納めた。

三人は引き上げた。

初蔵はため息をついた。今の三人は富札の持ち主から雇われた男か、あるいは手下なのかもしれない。

富札を持っていた商人ふうの男は何者なのか。それより、なぜ、これほどのことまでしてあの富札に執着するのか。

まるで、あの札が一番富になるとわかっているようだ。それなら、必死で探し出そうとするのもわかる。

まさか、ほんとうに一番富なのか。そんなはずはない。これから抽選が行なわれるのだ。

ともかく、明日、棒手振りの男を見つけださなければならないが、ほんとうに来るだろうかという一抹《いちまつ》の不安を抱いた。

だが、棒手振りをして、その日暮らしの生活を送っているなら富くじには興味があるはずだ。

必ず来ると、初蔵は思いながら長屋に帰ってきた。

四

その夜、八丁堀の剣一郎の屋敷に太助がやって来た。

夕餉《ゆうげ》を終えたあとで、剣一郎は庭先に立った太助に、

「ごくろう」

と、声をかけた。

「お呼びだそうで」

太助が腰を屈めて言う。

屋敷に来るように、長谷川町《はせがわちょう》の長屋に使いを出したのだ。

「夕餉はまだであろう」

「いえ」

そう言ったとたん、太助の腹の虫が鳴いた。

太助は恥ずかしそうにうつむいた。

「食べていけ」

「遠慮するでない。用意して待っていたのだ。台所に行って来い」

「えっ、だって……」

「でも」

太助がもじもじしていると、剣一郎の妻女多恵《たえ》がやって来た。

「太助さんがなかなか来ないので迎えにきました」

多恵は太助に微笑《ほほえ》みかける。

「いいんですかえ」

太助は相好《そうごう》を崩した。

「もちろんだ」

剣一郎は大きく頷いて言う。

「じゃあ」

「あっ、ここからお上がりなさい」

多恵が声をかける。

「とんでもない、庭からまわります」

太助は小走りに走って行った。

「太助さんが来ると、おまえさまの顔はいつも綻《ほころ》んでいますね」

多恵がいたずらっぽく笑った。

「そうかな」

剣一郎は顔を撫《な》でた。

「では、私も台所に行ってきます」

そう言い、多恵が部屋を出て行った。

太助はふた親が早死にし、十歳のときからシジミ売りをしながらひとりで生きてきた。

ときたま寂しさに襲われ、太助は神田川の畔《ほとり》でしょぼんと川を見つめていることがあった。

そこに、たまたま通り掛かった剣一郎が声をかけたのだ。

「おまえの親御はあの世からおまえを見守っている。勇気を持って生きれば、必ず道は拓《ひら》ける」

あのときの子どもが今の太助だったことに、剣一郎は縁を感じていた。

これまで剣一郎のために働いてくれていたのは多恵の腹違いの弟文七《ぶんしち》だった。

ところが、多恵の実家の湯浅《ゆあさ》家で、嫡男《ちゃくなん》の高四郎《こうしろう》が病没。それを機に、義父の湯浅高右衛門《こうえもん》は文七を養子に迎え、湯浅家の跡取りとしたのだ。

長年町人として暮らしてきた文七は武士の作法や仕来《しきた》りなどの習得に苦労しているらしい。自由に生きてきた者にとって、何かと制約の多い武家社会に溶け込むには時間がかかろう。剣一郎はそのことを気にかけていたが、文七は立派にこなしているようだった。

濡れ縁に出て、初夏の風を受けながら思いを巡らしていると、太助が戻ってきた。

「ごちそうさまでした」

太助は満足そうに言い、

「青柳さま。ご用件はなんでございましょうか」

と、真顔になった。

「うむ。太助は陰富をやったことはあるのか」

「へえ」

半拍《はんぱく》の間があって、太助は返事をした。

「陰富はいくつもあるのか」

「へい。そのようです」

「太助がやっているのは？」

「へえ」

太助は言いよどんでいる。

「心配いたすな。すぐに取り締まろうと言うのではない」

「へえ。いえ、御法度なことは間違いありませんから」

太助は覚悟を決めたように、

「あっしが買ったことあるのは押上村《おしあげむら》にある富仙院善寿坊《ふせんいんぜんじゅぼう》っていう修験者《しゅげんじゃ》がやっている陰富です。今、陰富じゃ一番盛んじゃないでしょうか。山伏《やまぶし》が札を売り歩いていいます。今回は本富を買ったので陰富は買ってませんけど」

「どういう仕組みだ？」

「富仙院の陰富は、本富の当たりくじを当てるっていうものです。今回は大京寺の富くじですが、次回は湯島天神です」

太助は説明をする。

「陰札を買うとき、たとえば松の一二三四って希望を言うと、札売りの山伏はその場で、富仙院の花押《かおう》が押された短冊《たんざく》に松の一二三四って書いてくれるんです。一枚十六文で、何枚でも買えるんです。ここの陰富は抽選で一番富の組と番号を当てると、十倍が返ってきます。一枚十六文ですから百六十文になります。同じ番号を二枚買っていれば、三百二十文です、それから二番富は八倍、三番富は六倍というように……」

「なるほど。本富は庶民にはおいそれと手が出せないが、陰富なら手が届くからな」

「はい」

「当たった金はどうやって受け取るのだ？」

「押上村にある富仙院の道場に行って受け取ります」

「太助は道場に行ったことはあるのか」

「いえ、当たったことはないので行ってません。ただ、富仙院は祈禱《きとう》をよくするので、道場はいつもひとがいっぱいだそうです」

太助は不安そうな顔で、

「やっぱり、手入れが……？」

「いや。じつは、ある旗本が陰富の胴元をしているのではないかという密告があったらしい」

「密告ですか」

「うむ。密告の主もわからぬようだ。したがって、密告の狙いもわからぬ。太助」

「はい」

「次回の湯島天神の陰富を買い求めてもらいたい」

「わかりやした」

「それから大京寺の富突きは明日であったな」

「そうです」

「そなたも行くのであろう」

「へえ。ひょっとしたらって考えて……」

「わしも行こう。どういうものか見ておきたい」

「ほんとうですかえ。わかりました。青柳さまといっしょだと何だか大当たりしそうな気がしてきました」

「太助、わしにはそのような霊験《れいげん》はない。いや、かえって足を引っ張ることになるかもしれぬぞ」

「構いませぬ」

太助は剣一郎といっしょに動き回れることがうれしいらしい。

明朝、ここに迎えに来ると言って、太助は引き上げて行った。

翌朝、剣一郎は髪結いに月代《さかやき》と髭を当たってもらっていた。

「きょうは大京寺の富くじの抽選があります。今から、谷中に向かうひともいらっしゃいましたよ」

髪結いはここに来る途中に見かけたひとたちのことを話しだした。

「富札を買っている者は周囲にたくさんいるのか」

「おおうございますね。いっときの夢を見たいのでしょうが、中には一攫千金の夢を賭けている者もいるでしょう」

「富札は高い。庶民は手が出ないのではないか」

「へえ。お金ってのはあるところに流れるように出来ているんですかねえ。まあ、庶民は陰富のほうですが」

「陰富か」

「へえ。今は陰富もずいぶん盛んになりました」

「富仙院の陰富を知っているか」

「へえ。ここんとこ、急に人気が出てきましたね」

「やはり、配当がいいからか」

「それもありましょう。しかし、富仙院善寿坊にも何らかの力があったんでしょうね」

「富仙院の力？」

「はい。もともと狭い長屋で病気平癒とか失せ物を探すなどの祈禱をしていたようで。それが、よく当たるという評判だったそうです。なんでも、えらいお山で何年も修行を続け、霊験あらたかな力を身に付けたとか。本富の当たり番号も当てたということです」

「なるほど。そういう男が陰富をはじめたというわけか」

「はい」

「富仙院が住んでいた長屋はどこなんだ？」

「深川だそうですが、詳しい場所はわかりません」

「そうか」

それからしばらくして、

「おつかれさまでございました」

と、髪結いは剣一郎の肩にかけていた手拭《てぬぐ》いを外した。

「ごくろうであった」

髪結いが引き上げると、庭先で待っていた太助が、

「富仙院善寿坊って、そんな男だったのですね」

と、感心したように言う。

「念のために、富仙院が住んでいたという長屋を探し出してくれぬか」

「わかりました。でも、何か」

太助は不思議そうにきいた。

「念のためだ。陰富をはじめるにしても、札作りや売り人を集めるのに元手がいるはずだ。富仙院はその金をどうしたのかと思ってな」

「後ろ楯《だて》がいたってことですね。ひょっとして、その後ろ楯っていうのがどっかの旗本……」

「そうだ」

太助はさすがに察しがいい。

長屋で祈禱師紛《まが》いのことをしていた男が、陰富に手を出して成功したのは、有力な後ろ楯を得てのことに違いない。

「よし、そろそろ出かけよう」

剣一郎は立ち上がった。

編笠《あみがさ》をかぶり、剣一郎は浪人の姿になって太助とともに谷中の大京寺に向かった。

筋違御門を抜け、下谷広小路から三橋《みはし》を渡って不忍池に出て谷中に向かうと、すでにたくさんのひとが谷中方面に向かって歩いて行く。

抽選は昼からだ。関心の高さが窺《うかが》えた。老若男女《ろうにゃくなんにょ》がぞろぞろ歩いて行く光景を目にし、剣一郎はいまさらながらにたくさんの人々が一攫千金の夢を見ていることに驚かざるを得なかった。

中でも若者が目立つことに剣一郎は複雑な思いがした。いっときの夢を見るだけですめばいいが、当たることを期待して自分の生き方を考えているとしたら少し問題だ。幸い、太助はそこまでのめり込んでいないようだが、富くじに人生を賭けている若者も少なくないだろう。

坂を上り、武家地を過ぎて寺町に入ってきた。狭い通りはひとでいっぱいだった。大京寺の前にある茶店にはあふれんばかりに客が入っていた。谷中では江戸三富のひとつの感応寺があるが、そこに次ぐ人出のようだ。

「すごいひとですね」

太助も目を丸くした。

「はぐれたら捜すのも苦労する。不忍池の弁天堂で落ち合おう」

あえて探し回ることはするなと、剣一郎は言った。

「はい」

太助は頷いた。

大京寺の山門を入ったとき、その脇から厳しい顔つきの年寄が現われて、行く手を遮《さえぎ》った。

太助の顔をじっと見つめてから、

「すまねえ、人違いだ」

と、年寄は謝って、ひとの流れを縫《ぬ》って再び門の脇に戻った。そこに、人相のよくない三人の男が待っていた。

「いきなり現われたんで、驚きました」

太助が当惑して言う。

「必死な顔をしていたな」

剣一郎はなんとなく気になった。

境内《けいだい》はひとで埋まってきた。本堂の前では祈願しているひともたくさんいた。

鐘楼《しょうろう》の脇に舞台が造られている。赤と白、それに紫の幕が垂れ下がり、背景には松が描かれた大屛風が立っていた。

舞台を守るように柵が巡らされている。見物客が殺到してどんな事故が起こるかもしれない。

まだ間があるので舞台には誰もいない。ただ、境内はどんどんひとで埋まっていった。悲鳴や怒《ど》鳴《な》り声も聞こえた。

「太助、さっきの年寄が気になる。わしは山門のほうに行ってみる」

剣一郎は声をかける。

「あっしも行きます」

ひとをかきわけ、剣一郎と太助は山門に向かった。山門からは続々とひとが入ってくる。また、さっきの年寄が出てきて、若者の顔を覗き込んでいる。

誰かを捜しているのは間違いない。

「何かを待っているんですね」

「そのようだが、あの三人の男が気になる」

「堅気じゃありませんね」

「うむ」

そのとき、舞台のほうから喚声が上がった。

舞台に、紋付き袴《はかま》に羽織《はおり》姿の世話人の男たちが登場した。境内のざわめきは静まりそうにもない。やがて、大きな箱が三人掛かりで中央に運ばれてきた。

寺社奉行から遣わされた見届け役の武士が登場すると同時に、本堂のほうから読経《どきよう》の声が聞こえてきた。

境内の興奮とは別に舞台の上はおごそかな雰囲気でことが進められていた。扇子《せんす》を持った裃《かみしも》姿の男が舞台に立った。そのとき、大太鼓が鳴った。剣一郎は群衆の中から舞台の様子を窺う。

「ただいまより、富くじの抽選を行ないまする」

裃の男は大声で宣した。

小さな木の札が大きな箱に入れられていく。数千枚の札が納められた。そのあとで、よくかきまぜるためか、箱を横に振り、さらに一回転させる。それを何度か繰り返した。

突き役の墨染め衣の若い坊主が長い錐《きり》を手に札箱に近づいた。世話役の男が坊主に黒い布で目隠しをした。

「まず、一番富」

裃の男が大声を発する。

わあっと起こった大歓声は若い坊主が札箱の穴に錐を入れたとき、たちまち潮が引くように小さくなって、やがて静寂が訪れた。

若い坊主の錐は一枚の札を突き刺した。それをゆっくり上に引き上げる。世話役のひとりが錐に刺さった札を外し、読上役に渡した。

富くじの抽選はこのように行なわれる。富突きと呼ばれる由来だった。

数千の群衆が固唾《かたず》を呑んで、成り行きを見守っている。

「一番札」

読上役が声を発した。境内は静まり返ったままだ。

「鶴の……」

そこであちこちからため息が漏《も》れた。横にいた太助からもため息が漏れた。太助のは松の組だった。

「一千……」

ため息が雄叫《おたけ》び声に変わった。鶴の一千番台の富札を持っている者たちの声だろう。読上役の声は続く。

「六百……四十二番」

最後は悲鳴とともに喚声が上がった。一番富を当てた者への羨望《せんぼう》と嫉妬《しっと》、誰が当てたかという興味が入り交じったものだった。

このあと二番富、三番富と突き当てていく。だんだん額は少なくなっていくが、まだまだ富札を持っている者には当たる機会があるのだ。太助の夢も潰《つい》えていない。そのとき剣一郎の近くを、当たった、当たったと大声を発しながら舞台に向かう若者がいた。一番富を当てたのだから平静でいろというほうが無理だろう。

舞台に向かう二十五、六の若者を見送りながら、剣一郎は山門で、太助の前に現われた年寄のことを思いだしていた。

五

一番富の当たり番号を聞いて、初蔵は愕然《がくぜん》とした。『鶴の一六四二』はまさに平太が掏った財布の中にあった富札の番号と同じだった。

舞台のほうで喚声が上がったのは、一番富の札を持った男が世話役に名乗り出ようとしているのだろう。山門で見張っていたが、とうとう棒手振りの男は現われなかった。初蔵の目を掠《かす》めて境内に入り込んでしまったようだ。

抽選がはじまる頃には三人の男たちは初蔵を無視し、舞台のほうにひとをかきわけて向かった。

なんの真似《まね》かわからなかったが、一番富の番号を聞いて合点《がてん》がいった。捜していた男は、一番富の富札を持っていることを申し出るために名乗り出てくるはずだ。そこを待ち構えようとしているのだ。

遅まきながら初蔵も舞台に向かった。群衆をかき分けるたびに罵声《ばせい》を浴び、やっとの思いで舞台の前にやってきた。

だが、三人の男と棒手振りの若い男の姿はなかった。世話役が群衆を見回している。棒手振りの若い男はまだ名乗り出ていないようだ。

初蔵はすぐ横にいた商家の隠居ふうの男に声をかけた。

「一番富のひとは現われたんですかえ」

「いや、さっき当たったって叫んでいた男がいたが、結局現われなかったな。勘違いだったのかもしれないな」

「そうですかえ」

初蔵は悪臭を嗅《か》いだように顔をしかめた。

あの三人が連れ去ったのではないかと思った。山門で捕まえるつもりだったのが、初蔵が見逃したために舞台の近くで待ち伏せることにしたのだ。

つまり、あの三人も『鶴の一六四二』が一番富になることを知っていたのだ。いかさまが行なわれたということか。

そう思ったとき、初蔵ははっとした。自分の身が危ないと察した。目的のためにはひと殺しをする連中だ。

初蔵はあわてて群衆をかき分け、懸命に山門に向かった。過去に危ない橋を渡ったときと同じように、胸のあたりがざわざわとしていた。


その頃、長吉は青物の荷を担いで神田《かんだ》方面を流していた。

今頃、大京寺では富突きが行なわれているはずだ。『鶴の一六四二』の富札を持って抽選に行っているのは、小間物屋《こまもの》の六郎《ろくろう》だ。

長吉は拾った富札の始末に困った。喘息の発作で苦しんでいた鋳掛け屋の年寄が去ったあとに落ちていたので、あの年寄が落としたものだろう。ただ、一分もする富札を、あの年寄が持っていたのかという疑問も湧く。別の者が落としたのかもしれない。

いずれにしろ、落とし主に返せぬまま、抽選日を迎えたが、六郎が俺が代わりに行ってやろうと言うので、長吉は六郎に託した。

「もし、当たったら賞金は半々だぜ」

同い年の六郎は言った。

「もちろんだ」

どうせ当たりっこねえ。はなからそう思い込んでいたので、商売を休んでまで抽選に行くつもりはなかった。

六郎はいつもは陰富をしているらしい。本富はたまにしか買えないので興奮していた。それだけ楽しめれば、外れても文句はないだろう。長吉はそんなつもりだった。

六郎とは同じ長屋で隣同士で住んでいる。六郎もいつか小間物の店を持ちたいと言い、長吉も八百屋《やおや》をやるのが夢だった。

ただ、六郎は山っ気《やまけ》があった。地道にこつこつ続けていくというより、一山《ひとやま》当てるという思いが強い。

だから、一攫千金を果たそうと富くじを買っているのだ。

一番富などの高額の当たりははじめから望まないが、せいぜい一両ぐらい当たってくれるといいのだがと、長吉は密《ひそ》かに思っていた。

夕方になって、池之端仲町を流し、裏長屋に入って商売をし、下谷広小路に出たとき、不忍池のほうからぞろぞろひとがやってくるのに出会った。

ふたり連れの商人ふうの男の話し声が聞こえてきた。富くじの話をしていたので、大京寺からの帰りだと思った。

結果はどうだったのだろうと思いながら、長吉は上野山下から浅草のほうに向かった。

親方に天秤棒を返し、浅草駒形町の棟割り長屋に帰った。六郎の住まいを覗いたが、まだ帰っていなかった。

長吉は部屋に上がり、きょうの売上の勘定をした。明日の仕入れにまわす分やきょうの飯代などを弾き、残りを貯えにまわす。貯えが出来るのは僅かな額だ。

長吉は貯えを桐油紙《とうゆがみ》に包んで瓶《びん》に仕舞い床下に隠した。

それから、長吉は部屋を出た。まだ、六郎は帰って来ていない。

長吉は駒形堂に向かう途中にある一膳飯屋に入った。客でいっぱいだったが、卓の隅に空きを見つけて腰を下ろした。

「煮魚と飯だ」

長吉は小女《こおんな》に注文する。

「はい。お酒は?」

「いや、いい」

きょうの稼ぎを考えて、酒を呑むのを諦めた。たいした額ではないが、気持ちの問題だった。

「わかりました」

小女が去ったあと、小上がりのほうから話し声が聞こえてきた。

「そういえば、おめえ、陰富を買っていたな」

「ああ、きょう大京寺で抽選があったはずだ」

長吉が目を向けると、職人体の男が酒を呑んでいた。

「明日、当たり番号は瓦版《かわらばん》で売り出されるからな」

あの富札はどうなったのだろうと、長吉はまた思いを六郎に馳《は》せた。ひょっとしたら、少額でも当たっていたのかもしれない。

それで前祝いをしているのでは……。そんなことを考えるくらい、六郎は帰りが遅い。いや、今頃は長屋に帰っているのだろうか。

「おまちどおさま」

煮魚と飯が運ばれて来た。

長吉は片膝を床几に載せて、飯を食いはじめる。だが、聞こえてきた声で、箸《はし》を動かす手が止まった。

「鶴の一六四なんとかだったそうだ」

「一番富か」

「そうだ。得意先の旦那は一番富から十番ぐらいまで覚えていた……」

鶴の一六四……。末尾はわからないが、長吉の胸は騒いだ。ひょっとして、当たっていたのではないか。

よほど、職人体の男にきいてみようかと思ったが、末尾がわからなければ意味がない。

長吉は急いで飯を食い終え、金を払って一膳飯屋を出た。

走って田原町《たわらまち》にある鼻緒問屋に向かった。富札を売っている札屋でもある。ところが、もう戸が閉まっていた。

しかたなく、そのまま長屋に帰る。なぜか、気ばかり焦っていた。

六郎の家の前に立った。戸に手をかけて、

「六郎、帰っているか」

と、家の中を覗き込んだ。

だが、部屋は真っ暗だった。

「まだか」

長吉は呟く。

自分の家に帰り、煙草《たばこ》を吸いながら隣に耳をそばだてる。気配がしたら、すぐ出向くつもりだったが、物音ひとつしなかった。

長屋木戸が閉まる四つ（午後十時）になっても、六郎は帰ってこなかった。どうしたんだ、六郎。長吉は内心で呼びかける。

ふとんに入った。大家に木戸を開けてもらって帰ってくるかと思ったが、その気配もなかった。

夜中に何度か目が覚め、壁越しに隣の気配を窺ったが、帰ってきた様子はなかった。

翌朝、納豆売りの声で目を覚ました。長屋に納豆売りや豆腐屋が入れ代わりやってくる。長吉は土間を出た。

六郎の住まいを覗くが、やはり帰ってきた気配はなかった。

「長吉、どうしたんだ？」

でっぷり肥った大家が声をかけてきた。

「へえ」

長吉は振り向いて、

「六郎がゆうべ帰ってこなかったようなんで」

「困った奴だ。また、どっかの女郎屋《じょろう》に入り浸《びた》っているんじゃねえだろうな」

大家は渋い顔をした。

「女郎屋？」

長吉は反応してきいた。

「大家さん、六郎には馴染《なじ》みの妓《こ》がいるんですかえ」

「最近はあまり足を向けていないようだが、ひと頃は吉原に通っていた」

「吉原ですって」

「吉原と言っても、河岸見世《かしみせ》だ。妓楼《ぎろう》に上がれる金なんてもってねえ。安女郎を相手にしていたんだろうよ」

大門から見て左右のお歯黒《はぐろ》どぶ沿いをそれぞれ羅生門《らしょうもん》河岸、西《にし》河岸と呼んでいる。歳を食ったり、病気になったりして表通りの妓楼では客がとれなくなった女郎を置いて、安く商売をしている見世が並んでいるのだ。

六郎が遊べるのはそういう河岸見世だと、大家は言う。

「そうですかえ。じゃ、遊びに行ったんですかねえ」

長吉は首をひねった。

もしかしたら、思わぬ金が入って、表通りの妓楼に上がったのではないか。一番富の番号は末尾が不明だが、あとは一致していた。

当たれば一千両。手数料など差っ引かれても七、八百両は手に入るのだ。金がすぐ手に入るのかどうかはわからないが、引換証などはもらえるはずだ。

それを見せて大尽《だいじん》遊びをしているのではないか。

大家と別れ、長吉は家に入った。きのうの朝炊いた飯が残っている。湯を沸かし、冷や飯にかけ、お新香だけで朝飯を食った。

椀を流しに出したまま、長吉は土間を飛び出した。

田原町にある鼻緒屋に行くと、数人がたむろして貼り紙を見ていた。きのうの富くじの当たり番号が記されている。

長吉はうしろから覗き込む。一番富の番号を確かめ、あっと声を上げた。

鶴の一六四二……。

あの富札だ。一番富だ。まさかが現実のものになった。六郎はやはり吉原に行ってしまったのかもしれない。

長吉は長屋に戻ったが、きょうは仕事に出る気にもなれなかった。ともかく、六郎の帰りを待つつもりで、長屋に留まった。

だが、六郎は昼近くになっても帰って来ない。

いきなり腰高障子が開いたのではっとしたが、大家だった。

「長吉、きょうはどうしたんだ？　具合でも悪いのか」

「いえ、そうじゃねえんです。六郎が帰って来るのを待っているんです」

「まだ、帰ってないようだな」

大家は顔をしかめた。

「大家さんが仰《おつしや》るように、吉原に行ったのかもしれません」

「それにしたって、もう帰ってもいいころだ」

「へえ」

「どうした、何か屈託《くつたく》がありそうだな」

大家が怪訝そうに、

「おめえ、六郎のことで何か知っているんじゃねえのか」

と、きいた。

「いえ」

長吉は曖昧《あいまい》に答える。

六郎の話を聞いてからでないと、迂闊《うかつ》に話せないと思った。

「まあいい。何かあったら、どんなことでも俺に言うのだ。いいな」

「わかりました」

大家が土間を出て行った。

昼をまわっても、まだ六郎は帰ってこない。

まさか吉原に入り浸るわけじゃあるまいなと、不安になった。いや、六郎とて、富くじが当たったら自分の店を持つのだと言っていたのだ。

吉原で散財して使い切ってしまうようなことはあるまい。そう思う一方で、新たな不安が芽生《めば》えた。

ひょっとして、きょうにも金に換えて、そのままどこかに逃げてしまうつもりではないか。

一番富で七百両は手に入る。ふたりで分ければ、ひとり三百五十両だ。しかし、二度と長吉のもとに帰って来なければ七百両を独り占めだ。

まさか……。

思わず立ち上がって、長吉は落ち着かなげに歩き回った。

吉原に居続けているのか、七百両もって逐電《ちくでん》したのか。そう思ったとき、もうひとつの考えがあると気がついた。

鋳掛け屋の年寄だ。あの年寄は富札を落としたことに気づき、きのうの抽選に行っていたのではないか。

富札の番号は当然覚えているだろうから、一番富になったことに気づいた。だから、一番富の当選者が名乗り出たときにそばに近付き、その富札をどうやって手に入れたのかと、問い質したのではないか。

そのとき、六郎はどう出たか。

相手が年寄だと見くびって開き直ったか。あるいは、正直に長吉のことを話したか。いや、そうなら六郎は俺に何か言ってくるはずだ。

夕方になっても、六郎は戻ってこなかった。もはや、六郎は金を持って逃げたのだと思うしかなかった。

きのうはすぐ金を手に入れることは出来なくとも、きょう引き換えに行き、そのまま金を持って逃げたのではないか。

六郎がそんなことをするはずないと思っていても、やはり思いはそこに向いてしまう。六郎を疑っている自分に気づいてはっとしたが、猜疑心《さいぎしん》は募《つの》った。大家に相談すべきか。そう思っていると、大家があわてたように戸を開けて土間に入ってきた。

「長吉」

大家は叫ぶように言って口を喘《あえ》がせた。

「大家さん、何かあったんですかえ」

「今、町方から知らせがあった。下谷広徳寺《こうとくじ》の脇で六郎らしい死体が見つかったそうだ」

大家がうわずった声で言うので、よく聞き取れなかった。だが、何かとんでもないことが起こったことはわかった。

「大家さん。六郎がどうかしたんですかえ」

長吉はきき返す。

「六郎の死体が見つかったんだ」

「えっ」

長吉は息を呑んだ。

「大家さん、冗談でしょう?」

「ばか、こんなことで冗談を言うものか。身元を確かめにきてくれと言われたのだ。長吉、おまえ行って六郎かどうか確かめてくるんだ」

「へ、へい」

頭が混乱したまま、長吉は立ち上がった。

「下谷広徳寺の脇だ」

「わかりやした」

長吉は長屋を飛び出した。

六郎が死んだ……。何かの間違いだ。だが、きのうから帰っていないのだ。長吉は田原町から東本願寺《ひがしほんがんじ》の前を走り、稲荷町を過ぎた。

広徳寺前に辿りついたときには、空は薄暗くなっていた。

広徳寺の脇の路地は木立が並んでいた。そこに町方の姿があった。長吉は駆けつける。

「恐れ入ります。今知らせを受けてホトケを確かめにきました」

長吉は岡っ引きに声をかけた。

えらの張った岡っ引きが気難しい顔で、

「よし、こっちだ」

と、長吉を木立の中に誘《いざな》った。

木の陰に、莚《むしろ》の下から毛脛《けずね》を出して倒れている男がいた。岡っ引きがホトケの前にしゃがんで莚をめくった。

「さあ」

岡っ引きに急《せ》かされ、長吉はおそるおそる顔を覗き込んだ。

思わず、あっと叫んだ。

「六郎」

長吉はその場にくずおれた。

「どうしたっていうんだ？」

「六郎に間違いねえのか」

「へえ。間違いありません。いったい、六郎に何があったんでしょうか」

「殺されたんだ」

「殺された？」

長吉は声が震えた。

「心ノ臓を一突きされている。何か心当たりはあるか」

「いえ」

そう言ったあとで、はっとした。

「六郎の財布は？」

「いや、ない。持ち去られたのかもしれない。金を持っていたのか」

「いえ、一番富の証になるものを持っていたはずです」

「一番富だと？」

岡っ引きは細い目を鈍く光らせた。

長吉は何から話したらいいのか迷いながら、富札の件を口にした。説明しながら、涙が流れて止まらなくなっていた。

第二章　再会

一

翌日も、長吉は六郎のそばに付きっ切りになっていた。奉行所の検死が済んで、六郎の亡骸《なきがら》が長屋に帰ってきたのは昨夜の五つ（午後八時）前だった。もちろん、長吉が大八車に乗せて牽《ひ》いてきたのだ。

それから長吉は六郎のそばで夜通し過ごした。線香が途切れないよう番をし、ときおりうとうととした。

夜が明けても、長吉は六郎のそばを離れなかった。一度厠《かわや》に行ったきりで、朝飯も食べずに悄然《しょうぜん》と座っていた。

「六郎。すまねえ、俺が富札を見せたばかりに」

長吉は物言わぬ六郎に謝った。昨夜から何度も口にしていた。

大京寺の抽選で一番富になって名乗り出たのを見ていた者が、六郎のあとを尾《つ》けて殺し、一番富の引換証を奪ったのであろう。

六郎が殺されたのは抽選の日の夕方だそうだ。一番富の引換証を持って帰宅する途中、下谷広徳寺に差しかかったところで何者かに声をかけられ、広徳寺の脇に連れ込まれて襲われたのだ。

死体は草で隠されていたのと、そこはめったにひとが通らないところだったので丸一日近く放置され、きのうの夕方になってやっと発見されたのだろう。

なまじ一番富など当たらなければ、いや俺が富札なんか拾《ひろ》ってこなければと、長吉は自分を責めた。

それだけではない。こんな目に遭《あ》っているのを知らずに、六郎を疑ったのだ。吉原で豪遊しているとか金を持って逃げたとか、勝手に思い込んで疑った。すまねえ、六郎、と長吉は何度も謝る。

昼近くになって、岡《おか》っ引《ぴ》きがやってきた。えらの張った顔を向けて、

「長吉、ちょっとききてえことがある」

と、迫るような言い方できいた。

「なんでしょうか」

「じつはな、大京寺の富くじの世話役に確かめたが、一番富を当てたのは六郎ではないそうだ」

「どういうことですかえ」

長吉は訝《いぶか》しげにきき返す。

「六郎の持っていた富札は一番富ではなかったということだ」

「そんなことありません。一番富は『鶴の一六四二番』だったはずです。六郎に渡した富札の番号は……」

「長吉」

岡っ引きが遮《さえぎ》った。

「いいか。確かに一番富は『鶴の一六四二番』だったが、その富札を持って名乗り出たのは六郎じゃねえ」

「そんなはずは……」

「おめえが六郎に渡した富札は『鶴の一六四二番』ではなかったんだ。おめえの思い込みだ。違うか」

「そうじゃねえ。俺はちゃんと確かめたんだ。間違えるはずはありません」

「だがな、現に世話役は、当たり金の引換証を、『鶴の一六四二番』の富札を持ってきた者に渡しているんだ。そいつは、六郎じゃねえ」

「それじゃ、年寄ですかえ」

鋳掛《いか》け屋の年寄の顔が脳裏《のうり》を掠《かす》めた。

「違う」

「………」

長吉は何か言おうとしたが、うまく声が出なかった。

「つまり、こういうことだ。六郎は富札がすべて外れて、ひとり落胆して引き上げたあと、富札とは関わりないことで何者かと諍《いさか》いになって殺されたのだろう」

「そんな……」

富札の番号ははっきり覚えている。確かに、『鶴の一六四二番』だった。何度も眺め、口にもした番号だ。

「腑《ふ》に落ちないようだな。富札の番号、おめえ以外に誰か見ているのか」

「いえ、誰も……」

長吉の他には六郎しかしらない。

「そうだ、親分さん。鋳掛け屋の年寄だ。喘息《ぜんそく》の発作で苦しんでいたとき、落としたんだ。その年寄を捜して……」

「長吉。残念だが、その年寄を捜したところでなんの意味もねえ。その年寄に会えば、おめえの勘違いはわかるかもしれないが、六郎殺しには何の役にも立たねえ」

長吉が覚えている富札の番号をてんから否定している。これでは話にならなかった。

「それにな、世話役の話じゃ一番富の富札と引き換えに証文を渡すが、このとき名前も記すそうだ。わかるか」

岡っ引きは念を押し、

「途中で襲って証文を奪ったところで、名前を書いた当人でなければ金は受け取れねえんだ。一番富に当たった男を襲って証文を奪ったって金にはならねえということだ」

「……………」

「わかったか。そこで改めて話をきくが、六郎はひとから恨《うら》まれているってことはないのか」

「ないはずです。六郎はひとから恨まれるような男じゃありません」

「小間物《こまもの》の行商をしているということだったな」

「へい」

「主にどの辺りをまわっていたか知っているか」

「下谷から本郷、小石川《こいしかわ》まで足を延ばしていたようです」

「そうか。わかった」

岡っ引きが引き上げたあと、長吉は首を横に振った。岡っ引きは間違っている。

富札の番号は一番富と同じだ。長吉が六郎に渡した富札が一番富になったのだ。六郎はどうして一番富だとわかったとき、名乗り出なかったのか。

いや、そんなはずはない。名乗り出たはずだ。だが、世話役のところに行く寸前に邪魔が入ったのではないか。

世話役のところまで行ったら一番富の富札を差しだし、名前を記録されたはずだ。それがないのは、その寸前で何者かに連れ去られたのではないか。

鋳掛け屋の年寄の仲間だろうか。もともとの富札の持ち主だ。紛失したとしても諦《あきら》めきれず抽選に行ったのだ。

そして、自分の富札が一番富になったことを知り、舞台の前で一番富の札を持ってくる男を待った……。

しかし、妙だ。いくら年寄がその富札は俺が落としたものだと言おうが、六郎は断固自分のものだと言い張るのではないか。

それで年寄は連れていた仲間に六郎から富札を奪い取らせた。だが、岡っ引きの話では一番富の富札を持って来たのは年寄ではないという。

どうも納得がいかなかった。六郎は一番富の富札のせいで殺されたのだ。世話役に一番富の富札を持ってきた者の名前を聞いてみようかと思った。だが、おいそれと教えてくれるとは思えなかった。

こうなったら、鋳掛け屋の年寄を捜すしかない。あの年寄を捜してみようと思った。


富突きのあと、初蔵は大京寺からそのまま長屋に帰ることはせず、ほとぼりが冷めるまで横網町《よこあみちょう》にある旧知の荒物屋で世話になることにした。

だが、家のことが気になり、ふつか後に初蔵は万年町一丁目の与兵衛店に帰った。

腰高障子に手をかけたとき、はっとした。中にひとの気配がした。思い切って開けると、伜の初次が待っていた。

「おとっつあん、待っていたぜ」

初次は上機嫌だった。

「なんだ、もう出来上がっているのか」

「前祝いだ」

「静かにしねえか」

「いいじゃねえか。俺たちには運が向いてきたんだ」

初次は少し呂律《ろれつ》がまわらない。かなり呑《の》んできたようだ。

「おめえ、なんか勘違いしているようだな」

「勘違い？」

初次は口元を歪《ゆが》めた。

「おとっつあん。今さらとぼけてもだめだぜ。富札が一番富の大当たりだということはわかっているんだ」

「初次、富札はねえ」

「ねえ？」

初次は冷笑を浮かべ、

「今さら、しらを切ったって、だめだぜ。この目で、『鶴の一六四二番』の富札を見ているんだ。まさかほんとうに一番富を射止《いと》めるなんてな」

「あれはひとさまのものだ。返して、今はない」

「…………」

初次の顔つきが変わった。

「おとっつあん。どういうことだ？」

「最初から話すからよく聞け」

初蔵は初次と面と向かって切りだした。

「下谷広小路で、商人ふうの男から財布を抜き取った男がいたんだ。俺はその掏摸《すり》を追いかけて捕まえた。掏摸は金だけ抜き取って財布を放って逃げて行った。その財布の中に入っていたのがあの富札だ」

初次は憤然《ふんぜん》と聞いている。

「その富札を俺は自分の財布に入れておいた。まさか、当たるとは思ってねえ。ところが、喘息の発作が出て俺は筋違橋の袂《たもと》でうずくまった。財布から薬を出したとき、富札を落としたんだ」

「へたな嘘《うそ》はやめろ」

初次は叫んだ。

「最後まで聞け」

初蔵は怒鳴《どな》る。

「ちぇっ」

初次は舌打ちしたが、初蔵の言葉を待つ姿勢でいた。

「俺が薬を呑んだあともうずくまっていると、棒手振《ぼてふ》りの若い男が声をかけてくれたんだ。背中をさすってくれた」

「ずいぶん、親切な男がいたもんだな」

「おめえと同じ年頃だった」

「ふん」

初次は鼻で笑い、

「その男が富札を拾ったのか」

と、きいた。

「わからねえ。そうかもしれねえし、そうじゃねえかもしれねえ。話はここからだ」

初蔵は口調を変えた。

初次はおやっという顔をした。

「抽選の前日だ。俺の前に三人の人相のよくない男が現われた。富札を返せとな」

「富札を返せ？　なんなんだ、その連中は？」

「下谷広小路で、財布を掏《す》られた商人ふうの男の仲間だ」

「どうして、おとっつあんが持っていることがわかったんだ？」

「掏摸を捕まえて聞き出したんだ」

「掏摸を？」

「そうだ。その掏摸は殺され、浜町堀に浮かんだ」

「…………」

初蔵は深刻な顔で続けた。

「掏摸から聞き出した、年寄の鋳掛け屋という一点だけで俺を探り出した。どうしても、棒手振りの若い男を見つけだせと脅《おど》された」

大京寺の抽選に行き、棒手振りの若い男がやって来るのを待った話をした。

「だが、若い男を見つけることは出来なかった。ただ、一番富に当たったたと叫んでいた男がいたそうだが、世話役のところには現われなかったそうだ。もしかしたら、三人組にどこかに連れて行かれたのかもしれない」

初蔵は不安を口にし、

「奴らは富札のことを誰にも言うな。言ったら伜を殺すと、俺を脅した。奴らは、おめえのことも知っているのだ」

「………」

初次ははっとしたような顔をした。

「どうした？」

「いっしょに働いている仲間が、俺のことをきいていた男がいたと言っていたんだ。まさか、その連中か……」

「そうだろうよ」

「なぜ、当たるか当たらねえかわからない富札にそんなに執着《しゅうちゃく》するんだ？」

初次が不思議そうにきいた。

「そうだ。なぜ、富札一枚のことで奴らがこんなに躍起《やっき》になるのか。どうも、あの富札が当たることがわかっていたとしか思えねえ」

「どういうことだ？」

「いや、はっきりとはわからねえ。この富札の件の背後に深い闇《やみ》がありそうだ。

へたに動けばこっちの命が危ない」

「じゃあ、このままおとなしくしているのか」

初次が反発した。

「奴らはおめえのことを知っているんだ。俺が奉行所に訴え出たら、おめえにどんな危害を加えるかわからねえ。俺の前に現われたのは手下に過ぎない。もっと大掛かりだ。俺たちが手を出せる相手じゃねえ」

「いや、俺は闘う」

「闘う？」

「そうだ。この目で一番富を見たんだ。このままじゃ、腹の虫が収まらねえ。それに、俺は……」

初次は言いさした。

「なんだ？」

「いや、なんでもねえ。とにかく、俺は奴らの正体を暴《あば》き出してやる。それで、賞金の半分でももらう」

「やめるんだ。危険だ。奴らは平気でひと殺しをする連中だ」

「覚悟している。どうしても金がいるんだ。半分でも出してもらう」

「初次、おめえはまた博打《ばくち》で……」

「おとっつあん。俺は金が欲しいんだ。奴らの弱みを握るんだ。手を貸してくれ」

「ばかやろう、そんな危険な真似《まね》が出来るか」

「なら、俺ひとりでやる」

初次は思い詰めた目で言う。

「手掛かりもなく、そんなこと出来るわけねえ」

「手掛かりはあるさ。一番富の賞金をもらいに来た男が必ずいるはずだ。おそらく掏摸に財布を掏られた男だ。その男の手に富札は渡ったはずだ」

初次は厳しい顔をし、

「おとっつあん、しばらく顔は出せねえと思うが達者《たつしや》でな」

「初次、おめえ借金はどのくらいあるんだ？」

初蔵はあわててきく。

「自分のことは自分で片《かた》をつける。おとっつあん、俺のことは忘れろ。じゃあ」

初次は土間を下りて出て行った。

ばかやろう。初蔵は口にした。

このままではあの連中に殺されてしまう。初蔵は、なんとかしなければならないと焦りを覚えていた。

二

その夜、八丁堀の屋敷に太助がやって来た。

濡《ぬ》れ縁に出て行くと、庭先に立った太助が、

「青柳さま。富仙院の陰富《かげとみ》でちょっと気になることが」

と、気負ったように言った。

「まだ次回の陰富の札は売りに出されていなかったのですが、たまたまいつも札を買う山伏《やまぶし》に会ったので、大京寺の陰富で当たったひとはいたんですかえってきいたんです。そしたら、ある女が一番富を当てたそうで」

太助は息継ぎをして続ける。

「その山伏が不思議がっていたのは、その女は一番富の『鶴の一六四二番』を十枚も買ったそうです」

「十枚？」

「へえ。一枚は二八そばと同じ十六文ですから百六十文、配当が十倍ですから千六百文がその女に入ってきたってわけです」

「大京寺の富札は一枚一分だったな」

「確かに、ひとの好みですから何とも言えませんが、同じ番号を十枚いっぺんに買うなんて。ふつうなら、別の番号を十枚買うんじゃないかと思うんですが」

富仙院の陰富は同じ番号を何枚でも買えるのだ。その富札には番号と同時に枚数も書き込まれる。実際には十枚を持っているわけではなく、富札は一枚で済む。

「まあ、それもひとそれぞれだが……」

剣一郎はそう思いながらも、なんとなく気になった。

「番号は、買う側が注文出来るのだな」

「そうです。その女が『鶴の一六四二番』を十枚というように頼んだのです。まるで、一番富がわかっていたみたいじゃないですか」

「うむ」

まさかと思いながら、剣一郎は首をひねった。

「明日、富仙院に会ってみたい。付き合ってくれるか」

「もちろんでさ」

勇んで言い、太助は引き上げた。

入れ代わるように、京之進がやってきた。

「夜分、申し訳ございません」

「気にするな」

座敷で差向かいになって、京之進が切りだした。

「例の浜町堀の殺しですが」

「男は掏摸だったと言っていたな」

「はい、掏摸の平太でした。じつは、掏摸仲間のひとりのところに三人組の人相のよくない男がやってきて、うちの旦那《だんな》が二十七、八の細身で目の細い男に財布を掏られた、その掏摸を捜しているが知らないか、ときかれたそうです」

「三人組？」

「はい」

「その男は平太ではないかと思ったのですが、何も喋《しゃべ》らなかったそうです。ですが、その三人組が平太を見つけだして財布を取り返したのではないかと言っていました」

「それは十分に考えられるな。財布の中にはさぞかし大事なものが入っていたのであろうな」

「はい。ただ、平太は顔面を殴《なぐ》られた痕がありました。平太は素直に返さなかったのでしょうか」

「もしかしたら、平太はすでにどこかに処分してしまった。それで、そのありかを聞き出そうとして暴行を加えたとも考えられるな」

「三人組は何か大事なものを取り返せなかったのでしょうか」

「うむ」

剣一郎は三人組と聞いて、大京寺の山門で見かけた三人組を思いだした。あの三人も人相はよくなかった。

「じつは奇妙な殺しがもう一件」

京之進が続けた。

「昨日、下谷広徳寺脇の木立《こだち》の中で六郎という小間物屋の死体が見つかりました。殺されたのはその前日と思われます。大京寺で富突きが行なわれた日です」

「大京寺？　六郎という男と大京寺に繋がりがあるのか？」

「はい。駒形町の長屋で、六郎と隣同士で住んでいる棒手振りの長吉という男が言うには、長吉が拾った富札を持って六郎は大京寺に行ったそうです。六郎に渡した富札の番号は一番富になった番号と同じだと言っているのです」

「一番富？」

「はい。ですから、最初は一番富の賞金の引換証を盗むために襲われて殺されたのではないかと、長吉は思っていたようです。しかし、一番富の富札を持っていたのは六郎ではありません。新黒門町《しんくろもんちょう》で商売をしている生駒屋勝造《いこまやかつぞう》という男です。長吉は勘違いしているようです。発表された一番富の番号を聞いて、自分が持っていた富札の番号と思い込んでしまったのではないでしょうか」

「そういうことも考えられるが……」

剣一郎はふとあのときのことを考えた。一番富の番号が発表されたとき、「当たった、当たった」と大声を上げて舞台に近づいていく男がいた。

ひょっとして、それが六郎だったのではないか。しかし、六郎は舞台にいる世話役のところまで行かなかった。

「下手人《げしゅにん》の見当《けんとう》は？」

「まだ、なにも」

京之進はくやしそうに首を横に振り、

「六郎は小間物の行商をして歩いているのですが、ひとから恨まれるような男ではなく、喧嘩《けんか》をするような激しい気性の持ち主でもなかったそうです。ただ……」

「ただ？」

「はい。六郎の客の中に何人かどこかの妾《めかけ》がいたようです。ある妾と親密になったために、旦那から恨まれていたかもしれない、と。今はその方面を調べています」

「そうか。その長吉に会ってみたい。住まいは駒形町だな」

「はい、駒形堂の近くです」

「わかった」

京之進が引き上げたあと、剣一郎は太助の前に現われた年寄と一緒だった三人の人相のよくない男と、掏摸の平太を捜していた三人の男が同じように思えてきた。

だとしたら、あの三人が大京寺に現われたのは……。剣一郎はあっと気づいた。平太が掏ったという、三人組の旦那の財布の中には、富札が入っていたのではないか。三人組が取り返そうとしたのは富札だったのでは……。

だが、と剣一郎は思い止《とど》まった。富札は当たるかどうかわからないのだ。紙屑《くず》になるのがほとんどだ。

それなのに、なぜ躍起になって探すのか。まるで、一番富になるとわかっていたようではないか。

そう思ったとき、耳元で雷鳴《らいめい》を聞いたような衝撃を覚えた。

富仙院の陰富だ。一番富の『鶴の一六四二番』を十枚買った女がいたという。この女の動きも、まるで『鶴の一六四二番』が一番富になることがわかっているようではないか。

本富の大京寺と陰富の富仙院に繋がりはないはずだ。富仙院は大京寺の富くじに便乗《びんじょう》しているだけだ。いや、大京寺にとって陰富は迷惑な存在でしかない。陰富のほうが値段が安い分、富札が売れる。必然的に、本富のほうの売れ行きが落ちる。

だから大京寺と富仙院が繋がっていることは考えられないが、一番富に関してはなんとなく引っ掛かる。

何か隠されていることがある。剣一郎にその疑いが芽生《めば》えた。

翌朝、剣一郎は太助とともに駒形町の長吉の住む長屋にやって来たが、すでに長吉は出かけたあとだった。

長吉の家の土間に、籠《かご》がふたつ置いてあった。案内してくれた大家が、

「おかしいな、商売のときはこの籠に野菜を積んで天秤棒《てんびんぼう》で担《かつ》ぐんです。仕事じゃないのかもしれません」

と、首を傾《かし》げた。

「仕事ではないと言うと？」

剣一郎はきいた。

「はい。六郎が殺されてから長吉の様子が少しおかしいのです。自分の責任のように思っているようで……」

「長吉は、六郎が富札の件で殺されたと思い込んでいるのか」

「そのようです。だから、自分で下手人を見つけようとしているのかもしれません」

「何か、手掛かりを持っているのか」

剣一郎は疑問を持ったが、長吉から話を聞かなければ、何の判断もつかなかった。

「夕方にでも出直す」

大家に言い、剣一郎は長屋を出た。

その足で、吾妻橋《あずまばし》を渡って押上村に向かった。

半刻（一時間）後、剣一郎と太助は北十間川《きたじつけんがわ》に近い押上村にやってきた。

「あそこです」

太助が指を差した方角に行くと、修験者《しゆげんじや》の道場が見えた。

道場に向かう一本道には何人かの男女の姿があった。みな、道場へ向かっている。

「加持祈禱《かじきとう》は霊験《れいげん》あらたかだという評判なのだろうな」

剣一郎はひとの流れを見ながら言う。

「はい。富仙院の陰富の札は当たることより、買うだけで御利益《ごりやく》があるという噂《うわさ》です」

太助が話す。

「買うだけで御利益か。なるほど、そうやって、陰富を買う者を増やしていったのか。うまいやり方だ」

剣一郎は感心した。

道場のそばまで近づいた。廃屋になった百姓家を改装したような道場だ。戸口にはそれらしく白地に星の形をした紋の入った垂れ幕がかかっていた。

しばらく戸口を見通せる場所で様子を窺《うかが》った。若い者から年寄まで出入りをしていた。中には武士の姿もあった。

四半刻《しはんとき》（三十分）ほど眺めてから、

「よし、入ってみよう」

と、剣一郎は戸口に向かった。

土間に入ると、信者らしい男女が十人ほど上がり口にある広い板敷きの間に座っていた。正面には大日如来像《だいにちにょらいぞう》が祀《まつ》ってあった。

その前の護摩壇《ごまだん》に向かっている修験者らしき男が富仙院善寿坊であろう。編笠《あみがさ》のまま土間に立った剣一郎の前に、弟子らしき男が近寄ってきた。

「ご祈禱でございますか」

「いや、富仙院どのにお会いしたいんで」

太助が代わって言う。

「今、祈禱の最中、しばらくお待ち願います」

人々は病気平癒などの加持祈禱をしてもらいに来るのだ。

「そなたでいい」

剣一郎は言う。

「失礼でございますが、笠をおとり願えませんか」

「とらぬほうがよいかと思いますぜ」

太助が口をはさむ。

「いや、いいだろう」

剣一郎は編笠をとろうとした。が、笠の内を覗き込んでいた弟子があっと低く叫んだ。

「青柳さま」

弟子はあわてて、

「どうぞ、笠はそのままに」

と、言った。

「この頬《ほお》の痣《あざ》か」

弟子は青痣与力《よりき》の評判を知っていたようだ。

「恐れ入ります」

「では、笠はこのままにしておく」

「はい」

剣一郎が道場にやってきたことを信者に知られたくないのであろう。

「で、何かお訊《たず》ねに？」

「うむ、ここでは陰富をしているそうだが」

「それは……」

「心配いたすな。取り締まろうと言うのではない」

「あっしだって買っているんだから」

太助は安心させるように言う。

「はあ」

「今回、一番富の番号を十枚買っていた女子《おなご》がいたそうだな」

「はい、驚きました」

「その者の名を聞きたい」

「どうなさるので？」

「どうやって一番富の番号を買ったのか、そのわけを知りたいだけだ」

「そうでございますか」

弟子は安心したように、

「池之端仲町にある『はな家《や》』という料理屋のおまちという女中です」

「『はな家』のおまちだな」

剣一郎は確かめ、

「すでに金に換えたのか」

「はい。きのうの昼前に参りました」

「おまちはひとりで来たのか」

「男の連れがおりました。同じ『はな家』の奉公人だと。用心のために付き添ってもらっていた感じでした」

「そうか、あいわかった」

「善寿坊さまには?」

弟子は用心深くきく。

「よい。おまちのことを知りたかっただけだ」

背後に旗本が控えていないかを調べる狙《ねら》いを悟られたくなかった。

剣一郎と太助は富仙院の道場を出た。

剣一郎と太助は再び吾妻橋を渡り、雷門《かみなりもん》前から田原町を抜けて稲荷町に差しかかる。

しばらく歩くと、下谷広徳寺の前に出た。

「六郎が殺された場所を見てみよう」

剣一郎は脇道を入った。木立が続いている。

「ふつうではこんなところまで入って来ぬだろうな。六郎は誰かに誘われてここに来たのか。あるいはすでに殺されて……」

しかし、殺してから運んだとしたら誰かに見つかる恐れがある。そういう目撃の話はない。やはり、ここに連れ込まれて殺されたのか。

「行こうか」

大通りに出て、先を急いだ。

上野山下から池之端仲町に着いて、『はな家』という料理屋を探した。不忍池の畔《ほとり》に並んでいる中で、一番大きな料理屋が『はな家』だった。

昼時だ。客で立て込んでいる。ゆっくり話を聞けないだろう。

「先に、生駒屋勝造に会ってみよう」

剣一郎は言い、新黒門町に向かった。

新黒門町で、『生駒屋』という古道具屋があった。

「あそこですね」

太助が目を向けて言う。

戸口に立ち、薄暗い店の中を見る。板敷きの店に鎧兜《よろいかぶと》が飾られ、簞笥《たんす》や長火鉢なども置いてある。

「勝造というのは亭主か」

剣一郎は店番の若い男に声をかけた。

「へい。さいですが」

胡乱《うろん》げな目で、店番の男は編笠の剣一郎を見た。

「すまぬが、勝造を呼んでもらいたい」

「どちらさまで？」

剣一郎は笠をとった。

まじまじと顔を見つめてから、若い男はあわてて、

「ただいま、呼んで参ります」

と、奥に引っ込んだ。

少ししてから、四十絡《がら》みの目の大きな男がやって来た。

「これは青柳さまで。手前が勝造でございます」

左頰の青痣に目をやって、勝造は名乗った。

「つかぬことをきくが、そなたは大京寺の富くじで一番富を当てたそうだな」

剣一郎は切りだした。

「はい。さようで」

「大京寺の抽選にはそなたも行っていたのか」

「はい。割札《わりふだ》の仲間といっしょに行っていました」

「割札？」

「はい。五人で共同で買ったものなんです」

「確か、『鶴の一六四二番』だったな」

「そうです」

「なぜ、割札だったのだ？」

「はっ？」

「そなたなら、ひとりで買うことも容易だったはず。そうすれば、金を独り占めできたではないか」

剣一郎は疑問を口にする。

「はい。今から思うと、後悔しています。まさか、当たるとは思ってもいませんでしたので」

「じつは、わしも大京寺の抽選には行っていたのだ」

「………」

「あのとき、一番富の番号が読み上げられると、若い男が『当たった、当たった』と叫んでいたが?」

その男は六郎だったのではないか。

「はい。そうです。私はその声を聞いて、自分のは惜しいところで番号が違っていたのかと思いました。でも、その後、いくら待っても誰も名乗り出て来ないので。妙に思いながら自分の富札を確かめたところ、まさに一番富の番号だったので、あわてて名乗り出たのです」

勝造は苦笑しながら言う。

「若い男はなんだったと思ったのか」

「勘違いでしょう。自分の番号が読み上げられたと思い込んでしまったのではないでしょうか。気持ちはわかります」

「わかる?」

「はい。一番富に賭けていたんじゃないですか。心の内でずっと祈っていた。だから、読み上げられた番号が自分のと同じだと思ってしまったのです」

「なるほど」

「ですから、私はその若い男を心配していました」

「心配？」

「はい。若い男はこの前の富くじにすべてを賭けていたのではないでしょうか。だから絶望から首でもつらないかと……」

「なるほど」

六郎が殺されたことは黙っていた。

「ところで、池之端仲町に『はな家』という料理屋があるが、知っているか」

「はい。たまに行きます」

「おまちという女中がいるが、知っているか」

「さあ、名前と顔は一致しませんが、そのおまちが何か」

「同じ番号を富仙院の陰富で買い、一番富を当てたそうだ。それも十枚買っていた。富仙院の陰富は一番富を当てれば、他の陰富と違って十倍になって返ってくる」

「さようでございますか。『はな家』の女中も儲《もう》けましたか」

と、勝造は楽しそうに笑った。

「『はな家』で、富札の話をしたことはあるか」

「そういえば、割札の仲間といっしょでしたから、そんな話をしたことがあります。そう、番号も話に出ていたと思います」

「その話を聞いていた女中が同じ番号の陰富のくじを買ったのかもしれぬな」

「さあ、どうでしょうか」

勝造は首を傾げた。

「最後につかぬことをきくが、そなた下谷広小路で掏摸に遭ったことはないか」

「いえ」

答えるまで半拍《はんぱく》の間《ま》があった。

「幸い、掏摸に遭ったことはございません」

「そうか。邪魔をした」

剣一郎は礼を言い、引き上げようとすると、

「もし」

と、勝造が呼び止めた。

「何か」

「富札のことで何か」

「いや、たいしたことではない。気にしないでいい」

剣一郎は『生駒屋』を出てから、

「太助、どう見た？」

と、きいた。

「なんだか信用できません」

「どういう点だ？」

「割札です。生駒屋勝造だったらひとりで買えるはずです」

「そうだな。だが、なぜ割札で買ったのか」

「ほんとうはひとりで買ったのをわざと共同で買ったと言っているのかもしれません。大金が入るのを知られたくないために」

「なぜ、知られたくないのだ？」

「それは……」

太助は言葉に詰まった。

「まあいい。その他に何か気になったことはあるか」

池之端仲町に戻りながら、剣一郎はさらにきいた。

「やはり、一番富の番号が読み上げられたときの態度です。若い男が『当たった、当たった』と叫んでいたのを聞いて、自分のは惜しいところで番号が違っていたのかと思ったと言ってましたが、わざわざ抽選に行っているんです。番号はしっかりと頭に入っているはずです」

「そうだ。そのとおりだ」

剣一郎は応じ、

「だが、それは若い男にも言えるな。おそらく、六郎だと思うが、しっかりと番号は頭に入っていたはずだ。それに、長吉という男も番号をはっきり覚えていた」

「じゃあ、生駒屋勝造の一番富の札は？」

「うむ。このままでは、同じ札が二枚あったことになるな」

「一番富が二枚ですかえ」

「あり得ないはずだが……」

剣一郎は首をひねるしかなかった。

不忍池の畔にある『はな家』にやって来た。最前より、客は少なくなっているようだった。

剣一郎は編笠をとって土間に入った。

「いらっしゃいませ」

女将《おかみ》らしい女が迎えに出てきた。剣一郎の顔を見て、

「青柳さまでいらっしゃいますか」

と、あわてたようにきいた。

「うむ。じつは、おまちという女中に会いたいのだ。呼んでもらえぬか」

「おまちが何か」

女将は不安そうな顔をした。

「確かめたいことがあるだけだ」

「どうぞ、お上がりを。帳場の横の部屋をお使いください」

「ここでは客の邪魔になるな。そうさせてもらおう」

「私はここでお待ちしております」

太助が遠慮する。

「いや、そなたにも聞いてもらったほうがいい」

「わかりました」

剣一郎と太助は帳場の横の小部屋に通された。

待つほどのこともなく、二十四、五と思える色白の女がやってきた。

「失礼します」

「おまちか」

剣一郎が確かめる。

「はい。まちでございます」

切れ長の目とすっとした鼻筋には色香のようなものが漂っている。男客に人気があるだろうと思われた。

「そなた、富仙院の陰富で一番富を当てたと聞いたが、まことか」

剣一郎は口を開いた。

「はい。ほんとうです」

おまちはにやりと笑った。

「確か、『鶴の一六四二番』だったな」

「そうです」

おまちは警戒したようで、

「それが何か」

と、きいた。

「十枚買ったそうだが、ずいぶん思い切ったことをしたではないか。誰かの指図《さしず》があったのか」

「いえ」

一瞬、間があって、

「私が決めました」

「なぜ、十枚も？」

剣一郎はおまちの顔を見据えてきいた。

「なんとなくです」

「なんとなくか。誰かから、『鶴の一六四二番』を買うと儲けられると聞いたのではないか」

「違います」

微《かす》かに、おまちの目が泳いだ。

「そうか。新黒門町の生駒屋勝造という古道具屋を知っているか」

「はい。ここにもときたまいらっしゃいます」

「生駒屋から聞いたのではないか」

「いえ」

今度はきっぱり否定した。

「生駒屋勝造が本富で一番富に当たったのを知っているか」

「えっ、ほんとうですか」

おまちは目を見開いた。

「うむ。生駒屋が言うには、ここに上がったとき、『鶴の一六四二番』の富札を買ったと言っていたそうだ。そのことを耳にしなかったか」

「いえ」

おまちは首を横に振った。

「陰富はよく買うのか」

「ときたま」

おまちはうつむいて言う。

「よし、わかった。もういい。ご苦労だった。すまぬが、女将を呼んでくれ」

「はい。失礼します」

おまちが出て行って、代わりに女将がやってきた。

「おまちに執心《しゅうしん》の客はいるか」

半拍の間があって、

「おまちは人気がありますので、贔屓《ひいき》してくださるお客さんはたくさんいらっしゃいます」

「そうか」

女将は多くを語りたくないようだ。女将にきいても無駄だろう。剣一郎はおまちの朋輩《ほうばい》にきいたほうがいい、と思って話を切り上げた。

『はな家』を出たが、駒形町の長吉の長屋に行くにはまだ早過ぎるようだった。

三

その頃、長吉は湯島から妻恋坂《つまこいざか》を下って明神下《みょうじんした》に出て筋違御門のほうに向かっていた。あの年寄は筋違橋の袂で苦しんでいたのだ。

あの年寄がまわっていたと思われる場所を歩き、捜したがなかなか見つからなかった。

別の鋳掛け屋を見つけては、喘息持ちの五十ぐらいの鋳掛け屋を知らないかと、漠《ばく》としたききかたをするときもあった。

だが、手掛かりは得られなかった。

すべてはあの年寄が落としたと思われる富札からはじまったことだ。なまじ、親切心を出して声をかけなければ、六郎はあのような目に遭わずに済んだのだ。

そう考えると、悔やまれた。あの年寄に出会わなければ六郎が死ぬようなことはなかったのだ。

筋違御門に近づいたとき、

「長吉じゃねえか」

と、背後から声をかけられた。

振り返ると、六郎の一件を探っている岡っ引きだった。

「これは親分さん」

長吉は腰を屈《かが》めた。

「おめえ、何をしているんだ？　見たところ商売ではないようだな」

「へえ。鋳掛け屋の年寄を捜しているんです」

「まだ、そんなことを言っているのか」

岡っ引きが冷笑を浮かべた。

「おめえのために話してきかせるが、六郎は三《み》ノ輪《わ》町《まち》に住むおせいという妾と懇《ねんご》ろだったらしい」

「えっ?」

「やはり、知らなかったようだな」

「親分さん、それはほんとうですかえ」

「こんなこと、嘘言ってもはじまらねえ。六郎はおせいの家によく行っていた。おせいは下谷坂本町《さかもとちょう》の『天翔堂《てんしょうどう》』という仏具店の主人の妾だ」

「どうして、そんなことがわかったんですかえ」

「六郎が作っていた得意先の台帳からだ」

「台帳?」

「知らなかったのか」

「へい」

「六郎は台帳に、誰々にいつ何を売ったと記してあったのだ。それで、次にまわる順番を考えていたようだ。たいした商売人だ。まあ、それでおせいのことがわかったのだ」

「…………」

「おめえにとっちゃ寝耳に水だろうが、六郎はおせいにのぼせていて、おせいの旦那はかなり嫉妬《しっと》深い男だ。今、このあたりのことを調べているところよ。おめえは富札のせいで六郎が殺されたと自分を責めているみたいだが、そうじゃねえ。六郎には殺される理由があったというわけだ」

「親分さん」

長吉は言い返そうとしたが、声にならなかった。

「まあ、六郎のことは忘れて、早く商売に精を出しな」

「へい」

長吉は頭を下げたが、納得したわけではなかった。

岡っ引きが去ってから、長吉は違うと首を横に振った。六郎が殺されたのは富札のせいだ。一番富の番号が物語っている。勘違いではないのだ。

それとは別に、六郎におせいという女がいたことに驚いた。何も言ってはくれなかった。ふと、おせいに会ってみたくなった。

六郎とはどこまでの繋がりだったのか。そのことを知りたかった。おせいは六郎の死を岡っ引きから知らされただけだろうから、実感として受け止められていないかもしれない。

そう思ったとき、長吉は足の向きを三ノ輪町に変えた。下谷広小路を突っ切り、上野山下から下谷坂本町を過ぎ、三ノ輪町にやってきた。

やみくもに三ノ輪町までやってきたが、おせいの家がどこにあるか聞いていないのだ。しかし、探し出す手立てはあると長吉は思った。

まず妾宅《しょうたく》らしい家を見つけ、片っ端から訪ねて行くのもひとつの手ではあるが、妾宅らしい家に住んでいるかどうかもわからない。ふつうの仕舞屋《しもたや》かもしれない。

だから、長吉は酒屋できくことにした。おせいは旦那のために酒を用意しておくのではないか。酒屋から酒を届けてもらっていることが十分に考えられる。旦那が下戸《げこ》だった場合にはどうしようもないが、酒屋をたぐってみようと思った。

その考えが図星《ずぼし》で、最初に訪ねた酒屋で、あっさりおせいの家がわかった。音無川《おとなしがわ》の近くに建つ黒板塀の瀟洒《しょうしゃ》な家だった。

長吉は思い切っておせいの家の格子戸《こうしど》を開けた。

「ごめんくださいまし」

長吉は呼びかける。

腰の曲がった婆《ばあ》さんが出てきた。

「小間物屋の六郎の知り合いで長吉って言います。おせいさんはいらっしゃいますかえ」

襖《ふすま》ががたっと音を立てた。若い女が出てきた。

「どちらさんで？」

「六郎さんの……」

細面の憂《うれ》いがちの目の、想像以上に美しい女だったので、長吉は思わず息を呑んだ。二十二、三歳で、歳も思ったより若かった。

「おせいさんですか」

長吉は喉《のど》にひっかかった声を出した。

「はい。六郎さんのお知り合いなのですか」

「長屋で隣同士に住んでいました。長吉って言います」

「そうですか。どうぞ、お上がりください」

「でも……」

長吉は尻込みした。旦那がやって来ると困ると思った。

「だいじょうぶです。きょうは来ませんから」

おせいは察して答えた。

「では」

長吉は部屋に上がった。

居間で差向かいになると、さっきの婆さんが茶をいれてくれた。

「すみません」

住み込みのお手伝いだと、おせいが言った。

「六郎はよくこちらさんには……」

長吉はきく、

「はい。櫛《くし》や紅《べに》、白粉《おしろい》など持って来てくれました」

おせいはしんみり言い、

「死んだなんて、信じられません」

「へえ、あっしもです」

長吉は言い、

「六郎のことは岡っ引きの親分から？」

と、きいた。

「そうです。六郎さんの得意先を当たっていて、私のところに来たのです」

六郎が得意先の台帳を作っていたとはまったく知らなかった。岡っ引きが言っていたように、六郎はいずれは一角《ひとかど》の商人になっただろう。

すまねえ、六郎。おめえの将来を奪ってしまって、と長吉はまたも胸が疼《うず》いた。

「失礼ですが、六郎とはどの程度の……」

長吉は遠慮がちにきいた。

「六郎さんは私にとてもよくしてくれました。でも、私は囲い者ですから、どうすることも出来ません。ただ、ときおりやってくる六郎さんとお話をするのが楽しみでした」

「いつごろからですかえ」

「半年前です」

「そうですか」

半年前かと、長吉は内心で呟《つぶや》いた。大家の話では、六郎は吉原の河岸見世《かしみせ》にときおり遊びに行っていたということだった。

だが、おせいを知ってから、六郎は吉原に行かなくなったのではないか。だから、長吉は知らなかったのだ。

六郎がおせいのことを話さなかったのは、どうにもならない間柄だったからだろう。旦那がいる限り、おせいといっしょになることは出来ないのだ。

「六郎さん。いつか自分のお店を持つのだと頑張っていたのに……」

おせいは涙ぐんだ。

「ええ。お互いに店を持とうと励まし合っていました」

長吉はしんみりした気分になって、

「六郎が殺されたのはあっしのせいなんです」

と、正直に打ち明けた。

「どういうことなのですか」

「富くじです」

「富くじ？」

おせいが不思議そうに長吉の顔を見た。

「あっしが富札を拾ったばかりに」

長吉は一連の流れを話した。

「そうだったのですか。六郎さん、よく言ってました。いつか必ず、私を助けるって。そのために富くじに期待をしたのかもしれません」

「助ける？」

「旦那と縁を切ることです。病気のおとっつあんの薬代などで借金して、その肩代わりをしてくれたのが『天翔堂』の旦那です。断りきれずに、囲い者に。六郎さんはそんな私に同情してくれていたのです」

単なる同情じゃない。六郎はおせいのことが好きだったのだ。大京寺の富突きに行ったのも、当たればその金で天翔堂からおせいを救えると思ったのかもしれない。天翔堂が応じるかどうかは別だが、六郎はそこまでしただろう。

「その富札は一番富になったんです。ところが、妙なことに一番富の富札は別のひとが持っていたものに決まったんです。そんなはずはありません。あっしが拾った富札は確かに一番富だったんです。きっと何かあるんです」

「何かとは？」

「もしかしたら、一番富になった番号の富札は二枚売られていたとか……」

そうとしか考えられないと、長吉は思っている。一番富になった『鶴の一六四二番』の富札が二枚あったのだ。そのことに絡んで、六郎は殺されたのではないかと、長吉は考えている。

「岡っ引きは、『天翔堂』の旦那を疑っているようですが」

長吉は確かめた。

「はい。旦那が誰かを使って六郎さんを殺したのではないかと疑っていましたが、それはあり得ません。旦那は六郎さんのことを知らなかったのですから」

「岡っ引きが現われたことで、『天翔堂』の旦那は六郎のことを知ってしまったんですね。そのことで困ったことには？」

「だいじょうぶです。最初は血相《けっそう》を変えていましたが、あくまで出入りの小間物屋で押し通しましたから」

「そうですかえ」

「だから、六郎さんを殺したのは旦那ではありません」

「ええ。やはり六郎は富札絡みで殺されたのです。あっしが富札を拾ったばかりに……」

長吉はまたしても自分を責めた。

「六郎の仇《かたき》をとってやります。必ず、下手人を見つけだします。そうじゃねえと、六郎に申し訳が立たねえ」

長吉はため息をついた。

「じゃあ、あっしはこれで」

長吉は挨拶《あいさつ》をして立ち上がった。

「わざわざありがとうございます」

「いえ。何かわかったら、またお知らせにあがります」

「はい。お待ちしております」

「旦那がやってくる時刻は決まっているのですか」

「昼間は商売に精を出していますから、いつも夕方からです」

「そうですか。わかりました」

おせいは見送りに土間に下りて格子戸のところまでついてきた。

「また、寄せてもらいます」

もう一度言い、長吉はおせいの家を出た。

途中で振り返ると、おせいがまだ見送っていた。

六郎がおせいに惹《ひ》かれた理由がわかるようだった。六郎がおせいにしてやりたかったことを代わってしてやりたいと、長吉は思った。

下谷坂本町にやってきた。屋根に『天翔堂』という大きな看板が出ている商家に向かった。

薄暗い店内に仏壇や仏具などが並んでいる。半纏《はんてん》を着た奉公人の男が三人いたが、主人らしい男は見えなかった。

そのまま行き過ぎたとき、空駕籠《からかご》がやってきて、『天翔堂』の前で停まった。

もしやと思い、長吉は荒物屋の前で立ち止まって様子を窺った。

しばらくしてから、羽織姿で顔の大きな四十絡みの男が出てきた。視線に気づいたわけではないだろうが、こっちに視線を向けた。

鼻が大きく、唇《くちびる》も分厚い。いかにも好色そうな感じだ。おせいがあんな男に囲われているのかと思うと不快な気持ちになった。

天翔堂は奉公人に見送られて駕籠に乗り込んで出立した。

駕籠は長吉の前を通り、上野山下のほうに向かった。長吉は駕籠のあとを尾ける格好になった。

車坂町の町角を曲がるつもりだったが、駕籠がまだ先に向かうのでそのまま ついて行った。

三橋を渡り、駕籠は池之端仲町に入った。そして、『はな家』という料理屋の門を入って行った。

誰かと会うのだろうが、長吉には関わりのないことだった。

長吉はそのまま引き上げた。夕暮れてきて、辺《あた》りは薄暗くなりつつあった。上野山下から車坂町にやってきて浅草方面に向かった。

六郎が殺された下谷広徳寺の前に差しかかったとき、前方から鍋釜を下げた鋳掛け屋がやってくるのを見た。

三十半《なか》ばぐらいで、捜している年寄とは別だ。

近づいたとき、長吉は声をかけた。

「もし、ちょっとお訊ねします」

「なんだえ」

鋳掛け屋は足を止めた。

「へえ、じつは五十半ばぐらいの鋳掛け屋さんを捜しています。喘息の持病があるおひとなんです」

「初蔵とっつあんのことかな」

「初蔵さんですか」

「ああ。鬢《びん》も白く、髪の毛も少なくなっている。色は浅黒く、顔に皺《しわ》が目立つ。五十半ばぐらいだろうか」

「そうです。そのひとです」

特徴はそっくりだと、長吉は思った。

「神田辺りでよく顔を合わせた。確か、深川から来ていると言っていたな」

「深川のどこかは?」

「いや、そこまではきいていない」

「そうですか。でも、そこまでわかれば御《おん》の字です」

長吉は礼を言って、鋳掛け屋と別れた。

まだ暗くなるには間がある。これから深川に行ってみようと思った。

小名木川《おなぎがわ》にかかる高橋《たかばし》までやってきたときには暮六つ(午後六時)をとうに過ぎていた。あれから御徒町《おかちまち》を通って神田川に出て和泉橋《いずみばし》を渡り、柳原《やなぎわら》通りから両国《りようごく》広小路を経《へ》て両国橋を渡った。

ここに来るまで、北森下町《きたもりしたちよう》や南《みなみ》森下町、常盤《ときわ》町などをまわってきたが、初蔵の住まいはわからなかった。

ただ、鋳掛け屋の初蔵を見かけた者は何人もいたので、初蔵の住まいが近いという感触を得た。

高橋を渡り、霊巌寺《れいがんじ》前を過ぎ、仙台堀《せんだいぼり》に出る。その周辺で聞込みをして、ついに初蔵の住まいがわかった。

万年町一丁目の与兵衛店に住んでいると教えてくれたのは豆腐屋の若い主人だ

った。与兵衛店にも朝、豆腐を売りに行くということだった。

礼を言い、長吉は勇んで万年町一丁目に向かった。

与兵衛店の長屋木戸を入る。夕餉《ゆうげ》時で、路地には誰も出ていない。家々からいい匂いが漂ってくる。

鍋と釜の拙《つたな》い絵が描かれた腰高障子《こしだかしょうじ》があった。ここだと、長吉は思った。

戸の前に立ち、深呼吸してから戸を開けた。

「ごめんくださいな」

だが、返事はなく、中は暗かった。

「留守か」

長吉は呟き、戸を閉めた。

しばらくして出直そうと思い、長屋を出る。ひょっとして夕餉をとっているのかもしれないと思い、来る途中にあった一膳飯屋を覗いた。

しかし、いっぱいの店内に初蔵の顔はなかった。

近くの寺の境内《けいだい》でぶらついて再び、与兵衛店に戻った。だが、まだ初蔵は帰っていなかった。

諦めて、長吉は引き上げた。

長屋木戸を出て、仙台堀のほうに歩きだしたとき、前方からゆっくり歩いてくる年寄を見た。

思わず、あっと声を上げた。

「とっつあん」

長吉は駆け寄った。

「おめえは、あんときの……」

「そうだ、筋違橋で会った者だ。初蔵さんだね。捜したぜ」

「俺もだ。捜していたんだ」

初蔵が昂《たかぶ》ったように言う。

「こんなところじゃ話も出来ねえ。長屋では話が両隣に筒抜けだ」

初蔵は思案してから、

「よし、閻魔堂《えんまどう》だ」

そう言い、初蔵は閻魔堂のある寺の境内に長吉を連れて行った。

境内には誰もいなかった。ふたりは植込みの陰に立った。月影がすぐ近くに佇《たたず》む閻魔堂を照らしていた。

「ここならひとに聞かれる心配はねえ」

初蔵は言い、

「なぜ、おめえは俺を捜していたんだ?」

と、きいた。

「富札だ」

「やっぱり、富札はおめえが拾ったのか」

「そうだ。あんとき、返そうと捜したけど見つからなかった。それで、持って帰った。それに当たりっこないと思っていたから」

「そうよな。誰だって本気で当たるとは思っちゃいねえものな」

初蔵は頷《うなず》く。

「俺は当たると思っていなかったが、俺の友達の六郎が万が一ってことがあるからと、その富札を持って大京寺の抽選に行ったんだ」

「そうか。やっぱり、おめえは現われなかったんだな」

「えっ、どういうことだえ」

「あとで話す。まず、おまえさんの話を聞こう」

「へえ。その日、六郎が大京寺から帰って来なかった。ひょっとして、ほんとうになって、六郎は前祝いにどこかに繰り出したんじゃねえかと思ったんだ。で、次の日、札屋に行ってみたら、『鶴の一六四二番』が一番富になってたんだ。昼過ぎても、六郎が帰ってこないので、いよいよ金を持って逃げたのかと思った。そしたら違っていた。六郎は下谷広徳寺脇で殺されていたんだ」

「なんだと、殺されていた？」

初蔵は目を剝《む》いて口をわななかせた。

「そうだ。財布はなくなっていた。だが、ただの物取りとは思えねえ。だって、六郎は一番富の引換証を持っていたはずなんだ」

「………」

「だが、不思議なことがおきた。一番富が当たった奴は別にいたらしい。岡っ引きは俺が番号を間違えてるのだといってとりあっちゃくれなかった。それで、初蔵さんを捜していたんだ」

長吉は言ってから、

「あの富札の番号は『鶴の一六四二番』だったはず。間違いないだろう？」

と、確かめた。

「そのとおりだ。あの富札の番号は『鶴の一六四二番』に間違いはない」

「じゃあ、どうして別に同じ富札を持っている奴がいたんだ？」

長吉は憤慨《ふんがい》して言う。

「わからねえ。だが、この富くじには何か裏がありそうだ」

「裏が?」

「まず、俺の話を聞くんだ」

初蔵は辺りを見回してから、

「あの富札は掏摸が下谷広小路で商人ふうの男から盗んだものだ」

と、切り出した。

「たまたま俺が現場を見ていて、掏摸を追いかけて捕まえた。掏摸は金だけ奪って財布を投げ捨て、逃げて行った。その財布に入っていたのが、あの富札だ。掏られた男の名前もわからず、富札を俺の巾着《きんちやく》に入れていた。それが、喘息の発作の時に落っことし、おめえの手に渡ったというわけだ」

「そうか。じゃあ、もともとはその商人ふうの男のものだったのか」

「そうだ。ところが、その掏摸は殺されて浜町堀に浮かんだ。その後、三人の人相のよくない男が俺の前に現われて、富札を返せと言ってきたのだ」

「三人は、掏摸から初蔵さんのことを聞き出したのか」

「そうだ。鋳掛け屋の年寄というだけで俺を見つけだしたのだ。いや、それだけでわかるはずないが、あの周辺の町内を聞き込んで、俺のことを知ったのだろう。俺は下谷辺りをまわっているからな」

「じゃあ、三人は掏られた商人ふうの男の手の者というわけか」

「うむ。三人が富札を返せというから、落としたことを正直に話した。拾ったのは棒手振りの若い男だともな。三人は納得しねえ。それで、大京寺の抽選に棒手振りの若い男が現われたら捕まえるということになって、俺は当日、三人の男といっしょに大京寺の山門でおまえさんが現われるのを待った。だが、来なかった」

「六郎が代わって行ったんだ」

長吉は胸が痛んだ。

「読み上げられた一番富の番号を聞いて、俺もあの富札が当たったと驚いたんだ。三人の男はおめえの友達が名乗って出て行く途中を捕まえ、富札を奪ったに違いねえ」

「その口封じのために六郎を殺したんだな」

長吉は呻《うめ》くように言った。

「そうだろう」

「ちくしょう。きっと下手人を見つけてみせる。初蔵さんは三人の顔を知っているんだな。三人を見つける手助けをしてくれねえか」

「長吉」

初蔵が厳しい顔で呼びかけた。

「危険だ」

「承知の上だ」

「どうしてもやるって言うのか」

初蔵は長吉を睨み据えた。

「やる」

長吉は悲壮な覚悟で、

「六郎は俺が死に追いやったようなものだ。だから、俺は六郎の仇をとらなくちゃならねえんだ。一番富の秘密を調べる」

「当てがあるのか」

「一番富を当てた男だ。たぶん、その男が、掏摸に富札を掏られた商人ふうの男に違いない。一番富を当てた者の名は札屋でわかるかもしれない。その男に近づいて、探りを入れてみる」

「ひとりじゃ危険だ。相手は掏摸とおまえの友達のふたりを殺しているんだ。町《まち》方《かた》の手を借りたほうがいいんじゃねえのか」

初蔵は忠告する。

「そうかもしれねえ。一時はそう思った」

長吉は素直に応じて、すぐ首を横に振った。

「でも、今は違う。じつは六郎はあることのためにまとまった金が必要だった。そのことがきょうわかった。六郎に代わって俺がそれをやらなければならないんだ。それが六郎への俺の償《つぐな》いだ」

六郎が果たせなかったことを、代わりに俺がやってやるのだ。おせいの身を天翔堂から解き放ってやりたいのだ。

「相手を脅して金を手に入れるつもりか」

「そうだ。一番富の分け前をもらう」

「…………」

初蔵はしばらく黙っていたが、ふいに、

「長吉」

と、顔を向けた。

「なんですね」

「俺にはおめえと同い年ぐらいの伜がいるんだ。初次というんだ。今はいっしょに住んではいねえ」

「そうなんですかえ、じゃあ、二十二ですかえ」

「そうだ。初次も二十二だ」

初蔵に自分と同い年の伜がいたとは想像出来なかった。

「母親が男をこしらえて出て行ったのは伜が七歳のときだった。男手ひとつで育ててきたが、いつしか博打に手を出すようになってしまってな。指物師の親方から破門されて、今、根津遊廓で客引きをやっている」

初蔵は眉根《まゆね》を寄せ、苦しげに、

「その後も博打から抜け出せなくてな。ときたま、負けて借金をして、俺に無心に来たりした。そんなだから、俺が持っていた富札が一番富になったのを知ってはしゃいでいた」

初蔵はため息をつき、

「ところが、金が手に入らないとわかったとたん、あることを考えやがった。おめえと同じことだ。一番富に絡んで何か裏がある。そのことを調べ、金にしようとしたのだ。だが、敵の正体は不明だ。どんな大きな悪《わる》かもわからない。危険な真似をやめさせようと、きょうは根津まで伜に会いに行ったんだ。そしたら、伜は何か大きな借金があると打ち明けた。どうしてもまとまった金が必要だという」

初蔵は息継ぎをし、

「このまま借金を抱えていたら、伜はいつか破滅するかもしれねえ。だったら、危険を承知で俺が伜に代わって闘うことにしたのだ」

「初蔵さん」

「すまねえが、この件には伜を巻き込みたくないのだ。それに最初から関わっているわけでもないのでな」

「ええ」

「これも何かの縁だ。俺とおめえのふたりでやろうじゃねえか。伜にはどこか安全な場所に身を隠すように言った。というのも、三人の男は俺が妙な真似をしたら伜も殺すと脅してきたのよ」

「そうですかえ。汚《きたね》え奴らだ」

「俺の住まいは知られている。おそらく、おめえの長屋もすぐ調べられるだろう。しばらく、別の場所を隠れ家にしたほうがいい」

「どこかありますかえ」

「ある。本所横網町に昔からの知り合いが荒物屋をやっている。ひとり暮らしだ。もうひとり厄介《やっかい》になれる部屋がある。そこに移るのだ」

「わかった。大家には急に芝のほうでしばらく仕事をすることになったとか言い訳をしておく」

「それがいい。じゃあ、明日の昼四つ（午前十時）に回向院《えこういん》で落ち合い、新しい隠れ家に向かおう」

「わかった」

「長屋には敵の見張りがいるかもしれない。そのつもりで動くんだ」

初蔵は年寄とは思えない力強い声で言った。

境内を出て、右と左に分かれ、長吉は両国橋を渡って駒形町までの帰りを急いだ。六郎の敵討ちと不遇をかこつおせいのために、必ず金をぶんどってやる。長吉は鼻息が荒くなっていた。

四

翌朝、剣一郎は未明に起き、長谷川町の太助の長屋に寄り、ふたりで駒形町の長吉の長屋にやってきた。

六つ半（午前七時）になるところで、住人の職人たちは仕事に出かけて行く頃合だった。剣一郎と太助は長吉の住まいの前に立ち、太助が戸を開けた。

「ごめんなさいよ」

戸を開けて、太助は声をかける。

「へい」

若い男が上がり口まで出てきた。細身で、眉が濃く、鼻筋の通った男だ。

剣一郎は編笠をとって土間に入る。

「長吉だな」

剣一郎は確かめる。

「これは青柳さまで。昨夜は失礼しました」

五つ（午後八時）過ぎまで待っていたが、長吉は帰って来なかった。それで、明日の朝六つ半までに来るので、出かけないで待っていてもらいたいという言伝《ことづて》を大家に頼んで引き上げたのだ。

「六郎が殺された件できさたいことがある」

「はい」

「六郎は、そなたが拾った富札を持って大京寺の抽選に行ったそうだな」

「はい、どうせ当たりっこないのであっしは行くつもりはありませんでした、そしたら六郎がもしかしたらってこともあるからと」

「そのもしかしたらが起こったそうだの。富札の番号は一番富になった番号と同じだったそうではないか」

「はい、そう思っていました。でも、勘違いでした」

「勘違い?」

剣一郎は思わず長吉の顔を見た。

「はい。どうせ当たりっこないと思いながらも心の中じゃ当たってくれと願っていたんです。ですから一番富の番号を知ったとき、似ていたのでてっきり同じだと思い込んでしまったんです」

「実際の番号は何番だったのだ?」

「『鶴の一六四二番』ではなく一六四七だったと思います」

「殺された六郎は富札を持っていなかったが？」

「外れたとわかって、捨ててしまったんじゃないでしょうか」

「一番富の番号が発表されたとき、『当たった、当たった』と大声を上げて舞台に近づいていく男がいた。六郎だったのではないか」

「はっきりとはわかりませんが、もしそうだとしたら、六郎も思い込みが強すぎて勘違いしてしまったのでしょう」

「すると、そなたはなぜ六郎が殺されたと思っているのだ？」

「わかりませんが、質《たち》のよくない連中に因縁《いんねん》をつけられて、諍《いさか》いになってしまったのかもしれません。六郎はおとなしそうに見えて、向こう見ずなところがありましたから」

剣一郎は耳を疑った。

自分の持っていた富札は一番富だと強く訴えると思っていたが、長吉に抱いていた印象は見事に覆《くつがえ》された。

「その富札を落としたのは鋳掛け屋の年寄だそうだな」

「さようで」

「その鋳掛け屋を捜して確かめれば、一番富だとわかると岡っ引きに訴えていたそうではないか」

「へえ。まだ、そんときはそう思い込んでいたので」

長吉も六郎も、自分の札が一番富だと思っていた。ひとりだけならともかくふたりとも思い込んでしまった。そのようなことがあり得るのか。

「その年寄を捜そうとは思わなかったのか」

「一時は思いました。でも、勘違いだと気づいたので、もうそんな必要はありませんよ」

「その年寄だが、どんな感じの男だった?」

大京寺の山門で太助の前に現われた年寄を思いだしながらきいた。

「じつはあまりよく覚えていないんです」

「覚えてない?」

「へえ」

山門の前に現われた年寄の特徴を言って、長吉の手応えを見ようかとも思ったが、長吉の様子では正直に答えまいと思った。

長吉が続けて言った。

「六郎を殺した下手人のことは親分さんに任せるだけです」

「そうか、わかった」

剣一郎は話を切り上げた。

「邪魔したな」

「いえ」

剣一郎は土間を出た。

太助はしきりに首をひねりながら、

「いやにあっさり勘違いだったと認めています。なんかしっくりきませんね」

と、不審を口にする。

「そうだな。わしには居直ったようなふてぶてしさと思えてならない。何か胸に秘するものがあるのだろうか」

剣一郎はそのことが気になった。

だが、長吉が勘違いだったと言う以上、さらには踏み込めなかった。

「太助。大京寺の山門で、そなたの前に現われた年寄を覚えているか」

「ええ、確か、鬢が白く、髪の毛は少ない。浅黒い顔に皺が目立っていました」

「そうだ。その年寄が富札を落とした鋳掛け屋かもしれぬ。長吉を待っていたのだ。山門の脇に三人の人相のよくない男が待っていた。その三人は掏摸の平太を捜していた連中かもしれぬ」

「わかりました。その年寄を捜してみます。喘息の持病がある鋳掛け屋ですね」

太助は察しがよかった。

「頼んだ。わしはこれから寄っていきたいところがある」

「へい」

剣一郎は太助と別れ、下谷七軒町《しちけんちょう》に向かった。

駒形町から下谷七軒町まで四半刻（三十分）もかからなかった。

武家屋敷が並ぶ一角に、高岡弥之助《たかおかやのすけ》の屋敷がある。剣一郎の娘るいの嫁《とつ》ぎ先だ。

門を入り、玄関に立った。

すぐに用人《ようにん》らしき男が迎えに出た。

「これは青柳さま」

「すまぬ。近くまで来たので寄ってみた」

「さあ、どうぞ」

律儀《りちぎ》そうな用人は剣一郎を内庭に面した部屋に案内した。

すぐに廊下を駆けるような足音がして部屋の前で止まった。

「失礼いたします」

あわただしい声とともに襖が開き、凜々《りり》しくもたくましくなった弥之助が顔を出した。

「義父上《ちちうえ》」

「おう、弥之助。久しぶりよのう」

「はい。ご無沙汰《ぶさた》いたして申し訳ございません」

「もう出仕《しゅっし》したかと思っていたが、会えてよかった」

「はい。これからです」

ふと、弥之助の表情が翳《かげ》ったような気がした。だが、それも一瞬だった。

御徒目付《おかちめつけ》は本丸《ほんまる》御玄関の左手にある当番所で事務を執《と》る。老中《ろうじゅう》・若年寄《わかどしより》から御目付経由で渡ってきた文書を取り扱う。

娘のるいと恋仲になった当初は無役の小普請組《こぶしんぐみ》にいたが、甲府《こうふ》埋蔵金に絡《から》む収賄事件を解決に導いたことで御番入りが叶い、今は御徒目付になっていた。

御目付に属し、御目付の所管する事務の補佐や、旗本以下の 侍《さむらい》の監察《かんさつ》を行なっている。

弥之助の父親は二の丸御広敷添番《おひろしきそえばん》のときに病に倒れ、その後小普請組に入れられた。有能だった父は丈夫だったらさらに出世をしていたに違いないが、病が父親の人生を狂わせた。だが、倅の弥之助が自らの手で御番入りを果たしたのだ。

また、廊下を擦るような足音が聞こえ、女の声がして襖が開いた。

「父上」

るいは部屋に入り、剣一郎の前で三つ指をついた。

「るい。元気そうだな」

「はい」

剣一郎はすっかり若妻ぶりを発揮しているるいをまぶしく見て言う。

「ふたりが仕合わせそうでなにより」

剣一郎は満足そうに言う。

「きょうはゆっくりしていけるのでございますか」

るいがきいた。

「いや、そうもしておられぬのだ。この近くまで用があってな。そのついでに寄っただけだ。そなたたちの顔を見ただけで満足だ」

「そうですか。母上はお変わりありませんか」

「相変わらず元気だ」

「剣之助《けんのすけ》兄さんも志乃《しの》さんも？」

「元気だ。志乃もよくやっている」

「そうですか」

「では、わしは……」

剣一郎は帰り支度《じたく》をした。

「また、いらしてください」

るいが少しだけ寂しそうに言う。

「うむ。そうしよう。義父母どのに挨拶せずに引き上げるが、よしなに」

「はい」

るいは明るく返事をした。

「るいの笑顔を見て、わしも元気になった」

剣一郎は部屋を出て玄関に向かう。弥之助がついてきた。

「弥之助」

剣一郎は玄関で小声で、

「何か屈託《くったく》がありそうに思えるが、仕事で何か」

と、きいた。

「恐れ入ります」

弥之助は驚いたように言う。

「はい。ある任務を任されました。……それ以上はお許しください」

「うむ。喋れないのは当然だ。だが、何か困ったことがあれば、わしに相談するのだ。我らは親子だ」

「ありがとうございます」

弥之助は深々と頭を下げた。

それから剣一郎は奉行所に戻った。

夕方、八丁堀の屋敷に帰った。

着替えを手伝っている多恵に、

「きょうは、るいのところに顔を出してきた」

と、剣一郎は言った。

羽織を畳む手を止めて、

「いかがでしたか」

と、真顔できいた。やはり、嫁いだ娘の暮らしぶりが心配のようだ。

「ふたりとも仕合わせそうな顔をしていた。るいもすっかり妻らしい落ち着きを見せていたが、明るい笑顔はそのままだった」

剣一郎はにんまりした。

「弥之助も出来た男だから心配はなにもない」

「お役目のほうはいかがでしょうか」

「だいぶ馴れてきたそうだ」

ある役目を任され、たいへんそうだったが、そのことは口にしなかった。

「それはよございました。文七、いえ文七郎《ぶんしちろう》も頑張っているようですので」

文七は湯浅家に入って文七郎と名前を変えていた。

「器用な男だ。すっかり武士らしくなったであろう。そのうち、様子を窺いがてら会いに行ってみよう」

夕餉のあと、太助がやってきた。

庭先に立った太助がもじもじしていた。

「どうした？」

「へえ。じつは鋳掛け屋の年寄がわかりましたので、お知らせに」

太助は切りだした。

「ずいぶん早く見つかったな」

「へえ、猫の蚤《のみ》取りの得意先にきいてまわったんです。そしたら、こっちが捜していた鋳掛け屋にいつも修繕を頼んでいるという内儀《おかみ》さんがいたんです。喘息持ちで、一度、発作を起こしたとき家で休ませてあげたことがあったそうです」

「で、その男の名は？」

「初蔵だそうです。深川の万年町に住んでいると言っていたそうです」

「そうか。よし、明日、さっそく行ってみよう」

「では、あっしは」

太助は引き上げようとした。

「待て」

「へえ」

「飯を食っていけ」

「いつもいつもいけねえ。だから、この時刻に訪れるのを迷ったんです」

「遠慮する奴があるか。さあ」

剣一郎は手を叩いて多恵を呼び、

「太助に飯だ」

と、伝える。

「もう支度が出来ていますよ。さあ、太助さん。いらっしゃいな」

「へい」

太助は相好《そうごう》を崩した。

「太助、たくさん食べていけ」

「へい」

太助は弾《はず》むように庭から台所に向かった。

ひとり濡れ縁に佇んでいると、叢雲《むらくも》が月を隠して庭が暗くなった。その拍子に、剣一郎は弥之助のことを思いだした。あの屈託は探索の密命を受けたのかもしれないと思った。力になれるものならいつでもなると、剣一郎は心の中で弥之助に訴えていた。

第三章　反撃

一

翌日の朝、剣一郎は太助とともに永代橋《えいたいばし》を渡り、油堀川《あぶらぼりがわ》沿いを万年町一丁目にやって来た。

木戸番屋の番人から初蔵が住んでいる長屋を聞いて、与兵衛店に足を向けた。

編笠《あみがさ》をかぶった剣一郎と太助が長屋木戸を入って行くと、井戸端にいた女房たちが胡乱《うろん》な目を向けた。

太助があわてて声をかける。

「すまねえ。鋳掛け屋の初蔵さんの住まいはどこだえ」

「住まいはそこだけど、今はいないよ」

首の長い女が答える。

「もう商売に出かけたのか」

「そうじゃないよ。しばらく、巣鴨《すがも》のほうで商売をすると言ってきのう出かけたのさ」

「巣鴨で商売？」

太助がきき返す。

「そうらしいよ。なんでもお大尽《だいじん》の屋敷の鍋・釜などを修繕するというんで、しばらく泊まり込むんだとさ」

「巣鴨のどこなんでえ？」

「知らないねえ」

「大家さんは聞いているかな」

「どうだろうねえ。なにしろ急に決まったらしく、きのうあわただしく出て行ったから」

今度は大柄な女が答えた。

「初蔵を訪ねて誰かやってこなかったか」

剣一郎は口をはさんだ。

「伜《せがれ》はときたまやってきていましたけど」

大柄な女は言葉づかいを改めた。

「伜？　初蔵に伜がいるのか」

「おります。初次っていう伜がいます。堅気《かたぎ》の仕事をしているようには思えませんでしたけどね」

「いくつぐらいだ？」

「二十二、三ですね」

「いっしょに住んではいないのだな」

「ええ。初蔵さんはひとり暮らしです」

「他には誰も？」

「そう言えば、一昨日《おとつい》の夜、若い男が初蔵さんの家にやって来てました。初蔵さんが留守で、しばらく家の中で待っていましたけど、いつの間にか引き上げて行ったようです」

「どんな男だ？」

「ちらっと見かけただけですけど、やはり二十二、三の細身の男でした。眉《まゆ》が濃くて、鼻筋も通っていたようです」

「長吉みたいですね」

太助が小声で言う。

「若い男と初蔵は会えなかったのだな」

剣一郎は大柄な女に確かめる。

「そうだと思いますけど」

「大家の住まいは？」

「木戸横の履物屋です。木戸の手前に裏口がありますよ」

「わかった」

剣一郎は礼を言い、木戸に向かった。

手前にある裏口に入り、

「大家さんはいらっしゃいますか」

と、太助が声をかけた。

剣一郎は編笠をとって、太助の横に立った。

恰幅《かっぷく》のいい男が出てきて、剣一郎を見た。

「これは青柳さまで」

「大家か」

「はい。さようで」

「初蔵のことできたい」

剣一郎は切りだす。

「何か」

大家は不安そうな顔をした。

「初蔵はしばらく巣鴨のほうに行くと言って出かけたそうだが」

「はい。急なことで驚きました」

「巣鴨のどこに行ったのかわからないか」

「きいてもはっきりしませんでした」

「どのくらい行っていると言っていたのだ?」

「半月からひと月ぐらいだそうです」

「これまでにもこういうことはあったのか」

「いえ。はじめてでございます」

大家は堪《た》えられなくなったように、

「初蔵に何かあったのでございましょうか。まさか、伜が?」

「伜がどうかしたのか」

「はい、伜と激しく言い合いをしていたことがあります。それで、気になって」

「そうか。伜のことではないが、伜とどんなことで言い合っていたのか」

「初蔵は詳しいことは言いませんでしたが、富くじのことでもめていたようです」

「富くじの何が言い合いのもとだったのだ？」

「一番富に当たったとか当たらなかったとか……」

大家は首を傾《かし》げながら言う。

「伜の名は？」

「初次です。根津遊廓で客引きをしているそうです」

「初蔵のかみさんは？」

「初次が七歳のとき、男を作って出て行ってしまったそうです。それから十五年ほどになります。男手ひとつで育てるのは無理だったのだと、初蔵は自分を責めていました」

「またききに来るかもしれない。邪魔をした」

剣一郎は大家に言い、裏口を出た。

外にさっきの女房たちが待っていた。

「どうした？」

剣一郎がきいた。

「このひとが青痣与力じゃないかって言うので……」

首の長い女が大柄な女を見て言う。

「いえ、そうじゃなくて、思いだしたことがあるんです」

大柄な女があわてたように、

「何日か前の夕方、夕餉《ゆうげ》の惣菜を買っての帰り、初蔵さんが三十半《なか》ばぐらいの顎《あご》の長い男といっしょにお寺のほうに歩いて行くのを見たんです。人相のよくない男だったので、ちょっと心配になって。四半刻《しはんとき》（三十分）経《た》って戻ってきた初蔵さんに会ったら、何か思い悩んだような顔をしていて」

「そんなことがあったのか」

大家が驚いたように言う。

「青柳さま。初蔵さんは何か事件に巻き込まれたんじゃないでしょうか」

大柄な女が心配そうにきく。

「ひょっとして、初蔵さんは巣鴨に行ったのは悪い奴から身を隠すためでは。初次が博打《ばくち》で借金を作ってしまったのかも……」

大家が不安を口にした。

「そうであれば、大家に相談したろう。初蔵のことは心配せぬでもよい」

剣一郎は安心させるように言い、長屋をあとにした。

「三十半ばぐらいの顎の長い男というのは大京寺の山門にいた三人組のひとりではありませんか」

太助がきいた。

「おそらく、そうであろう。初蔵を訪ねた若い男は長吉に違いない。長吉は初蔵と会ったのであろう」

だが、そのことで何が起ころうとしているのか。それとも何も起きないのか、わからない。剣一郎と太助は根津に向かった。


一刻（二時間）後に、根津にやってきた。

甲府宰相《さいしょう》の徳川綱重《とくがわつなしげ》の屋敷があった場所に壮麗な社殿が建てられたのは、六代将軍家宣《いえのぶ》が生まれた地であったからだ。

社殿を造るために大工や左官など大勢の職人たちが働き、やがて訪れる参拝客を見込んで門前に料理屋が出来、遊廓が生まれた。

遊廓を歩くと、客引きらしい男に太助が声をかける。

「初次って客引きを捜しているんですが」

「初次はいねえ」

「いねえと言うのは？」

太助は不思議そうにきいた。

「きのう、しばらく旅に出るって言って、急にいなくなった」

「何かあったんで？」

「わからねえ。以前に、人相のよくない男が初次のことをきき回っていたことがあった。その連中と関わりがあるのかもしれねえな」

「逃げたってことですかえ」

「そうだと思う。あわただしく出て行ったからな」

「初次に親しくしている女なんかいなかったんですかえ」

「何も話そうとしなかったが、ときどきどこかへ出かけて行った。女のところかどうかはわからねえな」

「初次はここには戻って来ないのでしょうか」

「本人は戻ってくるつもりのようだ」

「そうですかえ」

太助は剣一郎に顔を向けた。

剣一郎は軽く頷《うなず》く。

「邪魔しました」

太助は男の前から離れた。

「初次までいなくなるなんて」

太助は戸惑ったように言い、

「初次は初蔵といっしょなんでしょうか」

と、きいた。

「三人組に命を狙《ねら》われているのかもしれぬな」

剣一郎はふと長吉のことが脳裏《のうり》を過《よぎ》った。

「太助。駒形町に行ってみよう。長吉のところだ」

「まさか、長吉まで」

太助が愕然としたように言った。

池之端仲町を抜け、上野山下から浅草方面に足を向け、稲荷町、田原町と過ぎて駒形町に辿《たど》り着いた。

長屋木戸を抜け、長吉の家の前に立った。

「ごめんよ」

太助が戸を開ける。

だが、長吉はいない。土間に商売道具の籠《かご》が置いてある。やはり、商売で出かけているわけではなさそうだった。壁にかかっていた着物もない。

背後でひとの気配がした。

長屋の住人らしい年寄が立っていた。

「なんでえ、とっつあん」

太助が声をかける。

「長吉ならしばらくここを留守にするそうだ」

「留守？」

「なんでも、芝のほうでしばらく仕事をすることになったとか言っていた。急に決まったそうで、あわただしく出て行った」

「また、出直すことにしやす」

太助は年寄に声をかけた。

長屋を出て大川まで歩いた。すぐ近くに駒形堂がある。

波が岸に打ち寄せている。御厩河岸《おうまやがし》の渡しの舟が大きく上下に揺れている。

「やっぱり、長吉まで姿を晦《くら》ましていましたね」

太助が吐き捨てた。

「示し合わせてのことだろう」

「三人組から逃れるためでしょうか。殺されると思って逃げたのでしょうか」

「なんとも言えぬが、逃げたとしたらどうする術《すべ》もない。隠れ家を探す手掛かりはないからな。それに隠れ家を見つけたとしても、わけを話すとは思えぬ」

話すぐらいなら、きのうの時点で話しているはずだ。しかし、もし何かをするとしたら……。

「一番富に絡むことで何かしようとしているのかもしれぬ」

剣一郎は推《お》し量《はか》る。

「何かって言いますと？」

「一番富の当たり金を手に入れようとしているとも考えられる。だが、この考えも、今ひとつぴんと来ぬ」

「どういうわけですかえ」

「危険を冒《おか》してまで、金を手に入れなければならない事情が長吉にあるとは思えぬ。六郎の仇討《かたきう》ちか。下手人《げしゅにん》を捜すなら町方《まちかた》に手を貸せばいいことだ」

「そうですね」

太助も首をひねった。

「ただ、初蔵も長吉も示し合わせて姿を消したことは間違いない。この事実は捨ててはおけぬ」

「はい」

「やはり、要《かなめ》は生駒屋勝造だ。本人は否定しているが、掏摸《すり》に遭《あ》ったのは勝造に違いない。一番富は掏摸の平太から初蔵、そして長吉、六郎へと渡った。そして、再び、勝造のもとに戻った。その間に、平太と六郎が殺されている」

「やはり、三人組は勝造の手の者ですね」

「そうだろう。太助、すまぬが勝造の周辺を探り、三人組を見つけだしてくれぬか。わしは富仙院の陰富のほうを調べねばならぬ」

「わかりました。任せてください」

「その探索に丸一日使う必要はない。猫の蚤《のみ》取りの得意先に迷惑をかけてもならぬ。そのほうの仕事を疎《おろそ》かにするな」

「わかりました」

　太助はぺこりと頭を下げた。


　太助と別れ、剣一郎は奉行所に行った。

　すぐ長谷川四郎兵衛に呼ばれ、宇野清左衛門と共に内与力《うちよりき》の用部屋の隣にある小部屋に赴《おもむ》いた。

「青柳どの。例の陰富の調べは進んでおられるのか」

　四郎兵衛が切りだす。

「申し訳ございません。少し、他の絡みがあり、まだ手がつけられておりません」

「なんと」

　四郎兵衛は大仰《おおぎょう》に言い、苦い顔をした。

「まあ、よい。陰富を調べるにしても、数多くある陰富をしらみ潰《つぶ》しにするのもたいへんだろうとご老中《ろうじゅう》からのお言葉があったそうだ。そこで、疑わしき陰富の勧進元《かんじんもと》の名を伝えたいというお話がお奉行にあったそうだ」

「疑わしき勧進元？」

「うむ。そこを徹底的に調べてもらいたいということだ」

「なぜ、今になって？」

「よけいな先入観を与えないようにとの配慮だった。しかし、それでは調べも捗《はかど》らない。そういうことから伝えることにしたそうだ」

「で、疑わしき陰富の勧進元とは？」

「押上村に道場を持つ富仙院善寿坊という修験者《しゅげんじゃ》がやっている陰富だ」

「…………」

「知っているのか」

「今、陰富の中でもっとも勢いのあるところです」

「うむ、そこに狙いを定めよということだ」

「お待ちを」

清左衛門は口をはさむ。

「修験者は寺社奉行の支配。我ら町方が出る幕はないはずだが」

全国の神官・僧侶・修験者は寺社奉行が支配するのである。

「そのことは心配ない。寺社奉行の許しを得ている」

「寺社奉行の許しですと？」

清左衛門が不思議そうにきく。

「ずいぶん手回しがよいようだが」

「うむ。だから、支配違いは気にせず、調べよということだ」

四郎兵衛は言い切った。

「ひょっとして、富仙院のことは寺社奉行から町奉行に取り調べの依頼があったのでございますか」

剣一郎は確かめた。

「はっきりとはわからぬが、そんなところであろう」

四郎兵衛は厳しい顔をし、

「よいか。あと半月以内に始末をつけるようにとのことだ」

「長谷川どの」

清左衛門が口をはさむ。

「半月と期限を切られても、こういう調べは内偵《ないてい》に時がかかるもの」

「ご老中のお言葉を伝えただけ」

四郎兵衛が苦い顔をする。

「それほど急を要するものなら、奉行所を挙げて探索すべきではありますまいか。青柳どのひとりに任せては……」

「富仙院の陰富の摘発だけならそうもしよう。だが、真の狙いは富仙院の背後にいる旗本なのだ。秘密を要する。だから、青柳どのに頼んでいるのだ」

四郎兵衛はいらだって言う。

「わかりました。やってみます」

剣一郎は請け合った。

「頼んだ」

四郎兵衛は立ち上がって、

「お奉行の顔を潰さぬようにな」

と、剣一郎の頭上に言葉を投げかけて部屋を出て行った。

「半月とは無茶な」

清左衛門は不服そうに言う。

「じつは、富仙院の陰富も問題なのでしょうが、それ以上に大京寺の本富のほうにいささか疑惑が生じております。そこも併《あわ》せて、調べてみます」

「いつも青柳どのには面倒なことばかり押しつけて申し訳ないと思っている」

清左衛門は立ち上がりながら言う。

「いえ。そんなことはありません。ただ……」

　剣一郎も立ち上がった。

「ただ、なにか」

　清左衛門が不思議そうな顔を向けた。

「今になって富仙院の名が出たことに奇異《きい》を覚えるのです。長谷川さまというより、ご老中のほうでまだ何か隠していることがあるような気がしてなりません」

「隠している？　それは何か」

「まだ、わかりません。いずれにしろ、富仙院を調べてみます」

　それによって何が出てくるか、剣一郎は突き進むしかなかった。

二

　その日の夕方。頭に手拭《てぬぐ》いを載せ、背中に籠。屑《くず》紙買いの姿になった初蔵が新黒門町にある『生駒屋』という古道具屋の前を通り過ぎた。

　少し遅れて、長吉があとに続く。

『生駒屋』の前を行き過ぎるとき、薄暗い店の中に目をやる。鎧《よろい》兜《かぶと》が飾られているのが見えた。店番をしているのは若い男だ。

田原町で富札を売っている札屋から、一番富の賞金を手にしたのが『生駒屋』の主人の勝造だと聞いた。

湯島天神裏門坂のほうに向かうと、途中で初蔵が待っていた。

「そこそこ大きく商売をしているようだ」

初蔵は呟《つぶや》き、

「『生駒屋』を見通すにはやはり斜交《はすか》いにある絵草紙《えぞうし》屋の脇だな」

と、付け加えた。

「よし、俺がそこで見張る」

長吉は気負って言う。

「長くいては怪《あや》しまれる」

「わかった。ほどほどで引き上げる」

ふたりは再び『生駒屋』の前にやってきた。

「じゃあ、俺は絵草紙屋の脇に」

長吉が行きかけたとき、

「待て」

と、初蔵が呼び止めた。

「あの男だ」

着流しで三十半ばぐらいの顎の長い男が『生駒屋』から出て来た。どこか荒《すさ》んだ感じのする男だ。

「例の三人組のひとりか」

「そうだ。やはり、勝造の手の者だったんだ」

初蔵は厳しい顔をした。

「初蔵さんは顔を知られている。俺があとを尾《つ》ける」

長吉は男を目で追いながら言う。

「十分に気をつけてな」

「わかった。じゃあ」

長吉は着物の裾《すそ》を摑《つか》んで、男のあとを尾けた。

男は下谷広小路を突っ切り、上野山下から三ノ輪町のほうに向かった。三ノ輪町からおせいのことを思いだした。

長吉はおやっと思った。男は下谷坂本町に入って行ったのだ。ここにはおせいの旦那の『天翔堂』がある。

今度は、思わず声を上げた。男は『天翔堂』に入って行ったのだ。

仏壇や仏具などが並んでいる薄暗い店内に男は消えた。長吉は店先を行き過ぎる。店番の若い男がいるだけでさっきの男はいなかった。

途中で立ち止まり、道端に寄って『天翔堂』のほうを振り返る。店先には何の変わりもなかった。

が、それからしばらくしてさっきの男が出てきた。男は来た道を引き返した。

長吉は再びあとを尾ける。

男は新黒門町に向かわず、三橋の手前で不忍池のほうに曲がった。そして、弁《べん》天島《てんじま》の鳥居の前を過ぎた。

おやっと思った。この先に、さらに使いで訪れるような商家があるのだろうか。左手は池で右手は上野寛永寺《かんえいじ》の山内だ。

やがて、武家地に入った。そこを抜けると寺地になる。寺が多く、曲がりくねった道を行くうちに、男を見失った。

気づかれた様子はなかった。見失ったのは入り組んだ道のせいだ。長吉はこの先に大京寺があることに気づいた。

生駒屋勝造は大京寺の富くじで一番富になったのだ。だが、その一番富には不可解なことが多い。

勝造が一番富の富札を持っていることはあり得ないのだ。だが、実際には勝造が一番富の栄誉に浴《よく》し、六郎は殺された。

ここに何かからくりがあると勘繰《かんぐ》るのは当然のことだ。

長吉は大京寺に向かった。少し歩き回ったが、ようやく見つかった。坂道の途中にある大きな寺で、山門の前には水茶屋が何軒もあった。富札はこの水茶屋でも買うことが出来るのだ。

長吉は山門をくぐって、境内を見回す。ひとはまばらだった。さっきの男の姿はない。長吉は本堂に向かう。

本堂の横に、舞台が出来ていた。富くじの抽選を行なうところだ。閑散《かんさん》とした境内も抽選の当日はたいへんな賑《にぎ》わいになるのだろう。

長吉は庫裡のほうを見たが、あまりうろついていると、気づかれてしまいかねないので本堂にお参りをして、山門を出た。

長吉は池の傍《そば》まで引き返し、男が戻って来るのを待った。

だが、四半刻（三十分）以上待っても男は戻ってこなかった。大京寺に住んでいるのか。それともあの界隈《かいわい》に住処《すみか》があるのか。

『天翔堂』に行ったのは『生駒屋』の勝造の使いなのかと思ったが、勝造のところに行ったのもそうだったのかもしれない。

長吉は諦《あきら》めて引き上げた。


本所横網町の荒物屋に帰ったとき、すっかり暗くなっていた。

すでに、初蔵は戻っていた。

「遅かったな」

初蔵が心配して言う。

「男を谷中で見失った」

ふたりは二階に上がった。

そこで、改めて長吉は尾行の様子を語った。

「男は生駒屋勝造に使われている者ではなく、『生駒屋』と『天翔堂』には使いで行ったようだ」

「谷中と言ったな?」

初蔵は眉根を寄せた。

「まさか、大京寺に行ったのではあるまいか」

「大京寺に行ってみたけど、境内を歩き回ったら怪しまれるので、早々に引き上げてきた」

「それでいい」

初蔵は頷いて言い、

「だいぶ見えてきた。勝造は富くじの興行主である大京寺に使われている男に違いない。つまり、勝造もその仲間だ」

「一番富になった富札が二枚売られたのではなく、最初から勝造の持っている富札が一番富になると決まっていたのか」

「そういうことだ」

初蔵は不敵に笑い、

「だから、掏《す》られた富札を必死で追い求めたのだ。一千両だからな」

「でも、どうやって『鶴の一六四二番』を一番富に？」

「わけはねえ。読上役や世話役はみな仲間だ。錐《きり》が突き刺したのは別の番号だ。世話役がすり替えたのだろう」

「大京寺の富くじに関わっている者は皆仲間か」

「おそらくな。一番富一千両、二番富五百両、三番富三百両。四番富二百両。これだけで二千両が浮く。これを皆で分けるんじゃねえのか」

「とんでもねえやろうだ」

長吉は思わず声を高めた。

「だから、脅《おど》しがきくってわけだ」

「誰を脅すんだ？　勝造か」

「いや、勝造は中心じゃねえな」

「じゃあ、大京寺の住職か」

「住職が富くじを仕切っているとは思えねえ。別にいるはずだ。そいつを探り出すためには勝造をとっちめるのがいいだろう」

初蔵は凄味《すごみ》を見せて言う。

長吉は初蔵のことで意外に思いはじめていた。喘息《ぜんそく》持ちの弱々しい年寄かと思っていたが、今は別人のように顔も引き締まって若々しく見える。修羅場をくぐってきたような凄みを感じた。

「初蔵さん。喘息のほうはどうだ？」

「不思議なことに、この件があってから発作は起きねえ。気が張っているせいかもしれねえな」

「そいつはよかった」

「長吉。この際、言っておくが、相手との掛け合いは俺がやる。おめえは敵に顔を知られちゃならねえ」

「…………」

「わかったな。おめえの役目は調べるまでだ。あくまでも俺の後ろに隠れて動くんだ。そうじゃねえと、あとあとおめえまで付け狙われることになる」

「待ってくれ。初蔵さんが顔を晒《さら》したら、初蔵さんが狙われるじゃねえか」

「俺はもう歳だ。老い先短い。いつ死んでも悔いはねえ。だが、おめえはまだ若い」

「何を言うんだ。俺は初蔵さんと最後までいっしょに闘う」

「長吉。よく聞いてくれ」

初蔵が真顔になった。

「敵は巨大だ。金を奪《うば》ったあとでも必ず俺たちを見つけだして密《ひそ》かに消そうとするはずだ。そこからは逃れられねえ」

「でも」

「いいから聞け」

初蔵は長吉の声を制し、

「金の受け取りは俺がやる。金は一番富の賞金の半分だ。五百両を要求する。それをおめえと半々だ」

長吉は唾《つば》を呑《の》み込む。

「そしたら、おめえと俺は赤の他人になる。いいな」

「………」

長吉は返事が出来ない。

「おめえは何食わぬ顔で棒手《ぼて》振《ふ》りを続けるのだ。ほとぼりが冷めるまで金を使うんじゃねえ。時機を見計らい、小さい店からはじめるんだ。奴らに、怪しまれないためにな」

「俺は……」

長吉は言いさした。

「なんだ？」

「いや」

奪った金でおせいを自由にしてやりたいのだ。六郎が果たせなかった思いを代わりにやってやる。それだけでなく、いつしか、おせいを想うと胸が締めつけられるようになっていた。おせいのために金が必要なのだ。

だが、そのことを口に出せなかった。

「長吉、何か隠しているんじゃねえのか」

初蔵が鋭《するど》くきく。

「いや、そんなことはねえ」

長吉は否定した。

疑わしそうな目で見ていたが、初蔵は軽く頷き、

「まあ、ともかく金を得てからのことだ」

と呟くように言い、ふと何かに気づいたように口調を変えた。

「さっきの男が使いだとしたら、明日、『生駒屋』と『天翔堂』は出かけるに違いねえ。誰かが招集をかけたのではないか。誰と会うか、突き止めるのだ」

「よし」

長吉は意気込んだ。

「俺は生駒屋に張りつく。おめえは天翔堂だ」

初蔵は厳しい顔で言い、

「いいか。さっきも言ったように、おめえは敵に顔を見られないようにするん

だ。決して深追いはするな」

「わかった」

「よし」

初蔵は立ち上がって、

「波介《なみすけ》が夕餉の支度《したく》をしてくれている。下へ行こう」

「いいのかえ。いつも飯まで馳走《ちそう》になって」

「古い知り合いだ。遠慮することはねえ」

「じゃあ、また馳走になりやす」

長吉も立ち上がって階下に向かった。


翌朝、朝餉のあと長吉が外出の支度をして階下に行くと、すでに初蔵は出かけていた。ふたりは別々に出かけることになっていた。

長吉は店に出ていた波介に声をかけた。

「波介さん」

「なんだね」

波介は初蔵と同い年ぐらいだ。丸顔で柔和《にゅうわ》な感じだ。

「初蔵さんとは古い付き合いだそうですね」

「そうだ。四十年近いな」

波介は目を細めた。

「じゃあ、倅の初次さんのことも知っているんですね」

「よく知っている」

「博打にのめり込んでしまったそうですね」

「そうだ。根はいい子なんだがな」

波介はやりきれないように首を横に振る。

「波介さんは、あっしたちが何をやろうとしているか知っているんですかえ」

「だいたいのことは初蔵から聞いた」

波介はあっさり言う。

「初蔵さんは……」

長吉が言いよどんだ。

「どうしたえ」

「初蔵さんはこの仕事がうまくいっても死ぬつもりじゃ？」

「それだけ危険だということだろう。それに、もう俺たちはいつ死んでも惜しくねえ歳だからな。まあ、初蔵の言うとおり動いていけば間違いない」

「初蔵さんは若い頃は何をしていたんですかえ」

「そんなこと聞いても仕方ねえよ」

波介は取り合わなかった。

「へえ。じゃあ、出かけてきます」

長吉は荒物屋を出た。

三

その日の早朝、剣一郎は北十間川に近い押上村にある富仙院の道場に赴いた。

植村京之進の調べによると、富仙院善寿坊は最初は深川の北森下町の裏長屋で加持祈禱《かじきとう》をはじめたが、霊験《れいげん》あらたかだという評判から客が増え、二年前に廃屋になった百姓家を借りて道場を開いた。

修験者は山伏《やまぶし》ともいい、役小角《えんのおづの》を宗祖とした山岳宗教の一派だ。山野にて難行、苦行などの修行を積んで霊験を得たという者たちだ。ところが昨今《さっこん》は町におりてきて、祈禱によって人々を救い、喜捨《きしゃこ》を乞うようになっていた。

富仙院善寿坊もそんな修験者のひとりだ。剣一郎は道場の土間に立ち、案内を乞うた。

正面には大日如来像が祀ってあり、その前に護摩壇《ごまだん》があるが、まだ信者の姿もなく、富仙院もいなかった。

先日の弟子らしき男が出てきた。

「あっ、青柳さまで」

「善寿坊に会いたい」

「はっ。少々、お待ちを」

駆けるように弟子は奥に向かった。

しばらく待たされた。富仙院はあわてふためいて衣服を整えているような気がしてならなかった。

やっと、弟子が戻ってきた。

「どうぞ、こちらに」

刀を腰から抜いて右手に持ち替え、弟子のあとに従った。

小部屋に通された。何もない殺風景《さっぷうけい》な部屋に、髭《ひげ》をはやし、行者の姿をした富仙院が待っていた。

「富仙院善寿坊でございます」

富仙院が頭を下げた。細面で目が大きく、鷲鼻《わしばな》。厚い唇《くちびる》のまわりは髭で覆《おお》われている。独特な雰囲気を醸《かも》し出していた。

「南町《みなみまち》の青柳剣一郎だ」

「わざわざ、恐れ入ります。それにしても、青柳さまがこの富仙院にどんな用でございましょうか」

富仙院は余裕の笑みを湛《たた》えてきく。

「陰富のことだ」

「はて、何のことやら」

「大京寺などの本富に合わせた富くじを売っているそうではないか」

「いえ、違います」

「違う？」

「御札をお譲りしております」

「御札？」

「家内安全、商売繁盛《はんじょう》などを祈願した御札をお譲りしております」

「なれど、本富の富札の番号を当てると十倍になって返ってくるそうではないか」

「番号をつけるのは遊びからでございます」

「遊び？　霊験あらたかな札に本富の番号を書き記しているのか」

「はい。私どもの御札はそういうものでございます。決して、陰富をやっているわけではありません。あくまでも御札をお譲りするついでに本富の番号を聞いているだけでございます」

「本富の番号と一致すれば、金を払うのではないか」

「いえ、御札には一切そういうことは書いてありません」

「そなたの弟子が売るときに口頭で伝えているのではないか。一番富は十倍、二番富は八倍だと」

「いえ、それはありません」

「しかし、わしの知り合いはそうやって札を買ったそうだ」

「中にはそう勘違いなさっている御方がおります。なれど、私どもはあくまでも御札をお譲りしているだけでございます」

「陰富ではないと申すのだな」

「はい」

「池之端仲町にある『はな家』という料理屋のおまちという女中が、一番富の番号を十枚買ったそうではないか」

「御札は一枚でございます」

「ではその札に十口と書いたのか」

「………」

「いずれにしろ、一番富の番号を買ったおまちに金が支払われたのではないか」

「しかし、それは賞金ではありません」

「では、なんだ?」

「一番富を当てたということで、新たな祈禱をして差し上げました」

「金は払っていないということか」

「はい」

富仙院は大きく返事をしてから、

「青柳さま。我ら修験者は寺社奉行の支配下にあり、町奉行所は支配違いではございませんか」

と、昂然《こうぜん》と言い放つ。

「それがどうした?」

剣一郎は意に介さず、きき返す。

「我らに疑いをかけるのならまず寺社奉行に……」

「その心配はいらぬ。寺社奉行とはすぐに話が通じるようになっている」

剣一郎は動じずに言う。

「さすが、青痣与力どのでございますな」

富仙院は含み笑いをした。

「ところで、そなたの考えをききたいのだが、『はな家』のおまちはどうして一番富の番号を十枚も買ったのだ？」

「先ほど申し上げましたが、御札は一枚でございます」

「一枚だろうが十枚だろうが、いずれにしろ十口を買ったのだ。このことは、おまちに会って確かめてある。金も十枚分払ったと言っていた」

「………」

富仙院は何か言いかけて口を閉ざした。

「そのことは置くとして、問題はなぜおまちは同じ番号の札を十枚も買ったのか」

「と、おっしゃいますと？」

「当たり番号がわかっていたかのようには思えぬか」

「………」

富仙院ははっとしたように目を見開いた。

「どうした？」

「はっ」

富仙院は眉根を寄せ、

「じつは、今回一番富の番号を十口買った者が他にふたりおりました」

「なに、ふたりも？　誰だ、それは？」

「少々お待ちを」

富仙院の態度が変わった。

手を叩《たた》いて、さっきの弟子を呼んだ。

「『はな家』のおまち以外に、一番富の番号を十口買った者の名を青柳さまに」

「はい」

弟子は頷き、剣一郎に顔を向け、

「本郷にある酒問屋『灘屋《なだや》』の若旦那《だんな》の清太郎《せいたろう》さんと下谷坂本町の惣菜屋の主人の卓三《たくぞう》さんです」

「三人もが一番富を十口も買ったのか」

「はい」

弟子が答える。

「こういうことはよくあるのか」

「めったにありません」

弟子が答える。

「めったに？」

「はい。半年前に一度だけ」

「半年前？」

剣一郎は弟子から富仙院に目を向けた。

「そうです。半年前に同じようなことがありました」

富仙院は戸惑いぎみに言う。

「一番富を十口を買い求めていた客が何人かいたのか」

剣一郎は確かめる。

「やはり、三人」

「確か、大京寺の富くじは毎月開かれているのだったな」

「はい」

「その間は、一番富を当てた者はいなかったのか」

「もちろんおりますが、何枚も買っていたわけでは……」

「半年前に一番富を当てた者の名はわかるか」

「いえ、覚えていません。探せば控えがあると思いますが」

富仙院が答える。

「待ってください」

弟子が思いだしたようだった。

「ひとりは、三十半ばの顎の長い男で、けわしい目つきをしていました。今から思うと、今回おまちといっしょにやってきた『はな家』の奉公人に似ていたようです」

「似ていた？」

「はい。おまちといっしょにきた男を見て、どこかで見たことがあると思っていたんです。そのときは思い出せませんでしたが、今気づきました」

三十半ばの顎が長く、けわしい目つきの男という特徴は大京寺の山門脇にいた三人組のひとりに似ている。もちろん、似たような顔だちの男はたくさんいるだろう。が、富くじ絡みとなると、気になる。

「青柳さま。ひょっとして、一番富の番号はあらかじめ決まっていたということでしょうか」

富仙院が恐ろしそうにきいた。

「そうとしか考えられぬ」

剣一郎は言い切った。

「でも、そんなことが出来ましょうか」

富仙院が疑問を呈《てい》した。

「衆人環視《しゅうじんかんし》の中で不正を行なうのはひとりやふたりでは無理だ」

「では、大京寺そのものが？」

「いや、大京寺は富くじの興行を誰かに任せていよう。その任せられた者が指示してやらせているのかもしれぬ」

剣一郎はふいに口調を変えた。

「その図式はそなたの陰富も同じであろう。そなたは誰かの後ろ楯《だて》があって、ここに道場を開いたのではないのか」

「なにをおっしゃいますか、いきなり」

富仙院があわてた。

「大京寺の陰富を思いついたのは誰だ？　札を売るという体裁《ていさい》をとっていても、陰富には変わりない」

「………………」

「心配いたすな。そのことを咎《とが》め立てはせぬ。だが、いずれ陰富の取り締まりも厳しくなろう」

「我らは……」

富仙院が反論しようとしたが、あとの言葉は続かなかった。

「そなたは最初は深川の北森下町の裏長屋で加持祈禱をはじめたそうだな。そのときはひとりだったそうではないか」

「まあ、そうです」

「その後、どういう事情からここに道場を構えるようになったのだ？」

「祈禱を頼みにくる者が増え、長屋では手狭になって捌《さば》ききれなくなったのです」

富仙院は威厳を保つように胸を張った。

「もう一度きく。誰かの後ろ楯があるのではないか」

「いえ」

　富仙院は目を伏せた。

　この男は小心者だと見抜いた。何者かに命じられて、陰富に手を染めたに違いない。やはり黒幕が背後にいて、富仙院を動かしているのだ。

「札はかなり売れているのであろう」

「そこそこには」

「かなりの儲《もう》けがあるはずだが、この道場は古いままだ。壁の板も剝《は》がれている。儲けた金はどこに行っているのだ？」

「それは……」

「黒幕に吸い取られているのではないか」

「そのようなことはありません」

　富仙院は苦しそうに言う。

「札を売り歩いている行者はほんものか」

「……………」

「どうなのだ？　そなたの弟子か」

「はい」

答えまで、一拍の間があった。

「ここに住んでいるのか」

「いえ」

「どこにいるのだ?」

「別の道場に」

「どこだ?」

「それはご容赦《ようしゃ》ください」

「なぜだ?」

「その道場に迷惑がかかるといけませんので」

「なぜ迷惑がかかるのか」

「はあ」

「まあ、よい。では、ここに住んでいる弟子は?」

「この者だけです」

富仙院は横にいる弟子に目をむけた。

「そうか。大京寺の本富の件だが、何かからくりがありそうだ。大京寺の巻き添えを食わぬように気をつけることだ」

「大京寺に手が入るのでしょうか」

弟子がきいた。

「これからの探索次第だが、十分にあり得る。そうなったら、大京寺の陰富も続けられなくなる」

「………」

富仙院はため息をついた。

「さっきも言ったが、いずれ陰富の取り締まりも厳しくなろう。早く、陰富から手を引くことだ。邪魔をした」

剣一郎は立ち上がった。


押上村から吾妻橋を渡り、稲荷町を経《へ》て上野山下に出て、池之端仲町を突っ切って湯島の切通しを上がって本郷に向かった。

本郷にある酒問屋『灘屋』は本郷通りに面して店を構えていた。軒先に、杉の葉を束《たば》ねて丸くした酒林《さかばやし》が吊るしてあった。

店先に立ち、剣一郎は番頭ふうの男に声をかけた。

「清太郎という若旦那はいるか」

「どちらさま……」

途中で、青痣与力と気づいたようで、

「少々お待ちください」

と、番頭はあわてて奥に消えた。

待つほどのこともなく、ひょろ長い体の男がやって来た。二十二、三歳だ。

「清太郎でございますが」

清太郎は不安そうな目を向けた。

「南町の青柳剣一郎と申す」

「はい」

清太郎は頷く。

「ここでは商売の邪魔になる。外に出よう」

剣一郎は店の土間を出た。清太郎はおとなしくついてきた。

店の脇に立ち、

「富仙院の陰富で、大京寺の一番富を当てたそうだが?」

と、剣一郎はきいた。

「はい」

返事まで間があった。

「確か、『鶴の一六四二番』だったと思うが、それを十口買ったそうだな。自信があったのか」

「いえ、たまたまです」

「誰かから、『鶴の一六四二番』を買ったほうがいいと聞いたことは？」

「いえ、ありません」

清太郎は激しく首を横に振った。

「大京寺の富くじは買ったりするのか」

「いえ」

「そなたは大京寺と何か関わりがあるのか」

「いえ、特には……」

「特には、とは？」

「…………」

「何かあるのか」

剣一郎はふと思いついて、

「ひょっとして、『灘屋』は大京寺の檀家《だんか》か」

「はい。父が総代をしています」

「新黒門町にある『生駒屋』はどうだ？」

「はい。同じ檀家でございます」

檀家はその寺に仏事を頼むだけでなく、寺の経営や僧の生活の手助けもする。

「下谷坂本町の惣菜屋の主人で卓三という者がいるが、この者も檀家か」

「その方は存じあげません。違うと思います」

「そうか。わかった。邪魔をした」

剣一郎は清太郎と別れ、再び湯島切通しを経て、下谷坂本町にやってきた。

卓三の惣菜屋は小さな店で、卓三は三十半ばのおとなしそうな男だった。

「富仙院の陰富で、大京寺の一番富を当てたそうだが間違いないか」

剣一郎は店先に出てきた卓三にきいた。

「はい」

「十口も買ったようだが、自信があったのか。それとも誰かから『鶴の一六四二番』を買ったほうがいいと勧《すす》められたのか」

「いえ」

卓三は目を伏せた。

「口止めされているのか」

「そんなことはありません」

卓三はあわてた。やはり、誰かから聞いたのに違いない。

「そなたは大京寺の檀家か」

剣一郎は確かめる。

「いえ、私どもは別のお寺さんです」

「そなたの親しくしている中に、大京寺の檀家はいるか」

「おることはおりますが……」

卓三は警戒ぎみに答える。

「誰だ？」

「そのことが何か」

「檀家にききたいことがあるのだ」

「………」

「何か言えない事情でもあるのか」

「滅相《めっそう》もない」

卓三はうろたえて言う。

「調べる手立ては他にもあるので無理強《じ》いはしないが、隠し立てしていると思われないためにも口にしたほうがいい」

剣一郎は諭《さと》すように言う。

「表通りにある『天翔堂』さんです」

「『天翔堂』というと仏具屋か」

「そうです」

「『天翔堂』の主人は大京寺の富くじの興行に関わっているのではないか」

「はい。世話役だそうです」

「なるほど、世話役か」

剣一郎は鋭い目を向け、

「天翔堂とは富くじの話をよくするのか」

「別に……」

卓三は曖昧《あいまい》に言う。

「今回の一番富の番号を天翔堂から聞いたのではないか」

「いえ……」

卓三は追い詰められたように顔を強張《こわば》らせていた。明らかに何かを隠している。やはり天翔堂から口止めされているのだろう。

客が続けてふたりやって来た。夕方に近付き、惣菜屋もそろそろ忙しくなってくるようだった。

「わかった。邪魔をしたな」

剣一郎は惣菜屋を出てから、表通りにある仏具屋の『天翔堂』に行った。

しかし、主人は外出していた。今夜は寄合があるので帰りは遅くなるということだったので、内儀《おかみ》に話を聞いた。

「惣菜屋の卓三とは懇意《こんい》にしているのか」

「はい。うちのひとの幼なじみですから、よく買いに行きます」

小肥《こぶと》りの内儀は答える。

「幼なじみだったか」

なるほど、それで一番富の番号を教えたのかと合点《がてん》がいった。

「卓三が陰富で一番富を当てたことを知っているか」

「いえ」

「知らないのか」

「はい。それが何か」

「いや、なんでもない。今夜の寄合はどこだ？」

「池之端仲町にある『はな家』です」

「なに、『はな家』だと……」

一番富を十口買っていたおまちは『はな家』の女中だった。ただ、おまちに一番富の番号を教えたのは顎の長い人相のよくない男だろう。

「大京寺の檀家だそうだな」

「はい」

「大京寺の富くじには関わっているのか」

「はい。檀家の有志が富くじの世話役をしているそうです」

「『はな家』で何の寄合なのか」

「さあ、わかりません」

「そうか。わかった」

礼を言い、『天翔堂』から引き上げる。

富くじの興行は檀家の何人かが中心となってやっているのだ。そこから当たり番号がおまち、清太郎、卓三に流れたのだ。

今夜の寄合は富くじの世話役の集まりかもしれないと思い、剣一郎は池之端仲町の『はな家』に向かった。

四

長吉はいらだちを隠せず、三ノ輪町のおせいの家の庭に潜んでいた。天翔堂を見張るために下谷坂本町の仏具屋を見張っていると、昼をまわったあと、外出した。

あとをつけながら長吉は胸が騒いだ。三ノ輪町のほうに向かっていたからだ。昼間からおせいの家に行くのかと不快に思いながらあとを尾け、とうとうおせいの家に入って行く天翔堂を見届けた。

裏手にまわったが、裏口は閉まっていたので、正面に廻り、周囲を見回して素早く門内に入り、庭の奥に向かった。

狭い庭の植込みをかいくぐって奥に向かうと、濡《ぬ》れ縁が現われ、障子《しょうじ》が開いている部屋が見えた。

そこに天翔堂とおせいが向かい合っていた。天翔堂は分厚い唇を歪《ゆが》めておせいに罵声《ばせい》を浴《あ》びせていた。

「おい、ほんとうはどうなんだ。六郎って小間物屋と出来ていたのか」

「違います。そんなんじゃありません」

おせいが必死に弁明する。

「じゃあ、なんで、頻繁《ひんぱん》にこの家に出入りしていたんだ。岡っ引きが近所を聞き回り、しょっちゅう小間物屋が訪れていたと話していたそうだ」

「それはご商売で……」

「そんなにしょっちゅうはおかしいだろう。だから、岡っ引きも不審を持ったのだ。おかげで俺が嫉妬から小間物屋を殺したと疑われたんだ。とんだ災難だったぜ」

激しく言いながら、天翔堂は煙管に煙草《たばこ》の刻みを詰めていく。

「いつからだ？」

「えっ？」

「いつから小間物屋をここに引き入れていたんだ？」

煙草に火を点け、天翔堂は煙を吐いてきく。

「引き入れただなんて。違います。誤解です」

「誤解か」

天翔堂は無気味に黙り、煙草を吸っていたが、いきなり大きな音を立てて雁首《がんくび》を灰吹《はいふき》に叩きつけた。

おせいははっとして顔を上げた。天翔堂は煙管をしまうと、手を伸ばしておせいの手をとった。

立ち上がって、

「おせい、向こうへ」

と、引っ張った。

「でも、まだ明るいじゃありませんか」

「明るいも暗いもあるものか。さあ」

隣の部屋に引きずり込もうとする。

おせいは逆らったが、

「来るんだ」

と、天翔堂はおせいを強引に引っ張り、隣の部屋の襖《ふすま》を開けた。

長吉は思わず飛び出そうとして思い止まった。ここでおせいを助けても、今度は自分との仲を疑われるだけだ。

襖が閉まった。寝間に違いない。そこで何が行なわれるか想像し、長吉は体が震えた。

「ちくしょう」

長吉は胸を掻《か》きむしった。

おせいさん、必ず助け出してやる。六郎が出来なかったことを、俺が代わってやる。長吉は悲壮な覚悟で誓った。

天翔堂も生駒屋勝造も三十半ばぐらいの顎の長い男も仲間だ。大京寺の富くじのいかさまを仕組んだ一味だ。

今に見ていろと吐き捨て、五体を引きちぎられそうなほどの苦痛を味わいながら、寝間の襖を睨《にら》みつけた。

陽が傾《かたむ》いて、ようやく襖が開いた。

分厚い唇を舐めながら、天翔堂が襟《えり》元を直しながら出てきた。おせいの姿は見えない。

「俺は行く」

羽織を拾《ひろ》って、天翔堂は戸口に向かった。

おせいのもとに駆け寄りたかったが、それは出来なかった。おせいさん、きっとあの男から助け出してやる。そう心で叫んで、長吉は門のほうにまわった。

ちょうど、天翔堂が門を出たところだった。待っていた駕籠《かご》に乗り込んだ。長吉は駕籠のあとを尾けた。

天翔堂を乗せた駕籠は池之端仲町にある『はな家』という料理屋の門を入って行った。

門の横から中を覗《のぞ》く。駕籠からおり、天翔堂を土間に入った。駕籠が門から出てきた。それをやり過ごしたとき、目の端に近づいてくる人影が入ってはっとした。

「俺だ」

「あっ、初蔵さん」

「生駒屋もここに入った。向こうへ」

その場を離れ、初蔵は不忍池のほうに向かった。

「仲間と思われる者がすでに三人入った。あとで、忍び込んで盗み聴きをする」

「盗み聴きっていったって、あんな大きな建物じゃ庭に忍び込んでも話し声は聞こえねえ」

「庭からじゃ無理だ」

「じゃあ、どうするんでえ」

池の畔の暗がりにやってきて、初蔵は持っていた風呂敷包を開いた。

「何をするんだ？」

「着替えるのさ」

「着替える？」

「いいか。おめえはこの辺りで待っているんだ。半刻（一時間）かかるか一刻（二時間）か。決して何があっても出てきてはだめだ」

「まさか」

「そのまさかだ」

初蔵は黒い着物に着替え、尻端折《しりはしょ》りをした。それから、足袋《たび》に履き替える。

「奴らの話を聞くんだ。一階の座敷なら床下に、二階なら天井裏に潜む。うまくいけば、一番富のからくりがわかるかもしれねえ」

「初蔵さん、あんたは何者なんだ？」

今や、初蔵は鋳掛け屋の年寄とはまったくの別人だった。顔つきも厳しく、何かひとを威圧《いあつ》するような雰囲気が漂っている。

「ゆっくり説明する暇《ひま》はねえ」

初蔵は言い、

「じゃあ、何かあっても『はな家』に近づくんじゃねえ。ここで待て」

そう言うや否や、初蔵は『はな家』のほうに小走りになった。その動きはまるで若者のようだった。

初蔵は『はな家』の門を入ると、塀沿いに庭の奥に向かった。黒装束《しょうぞく》と黒い布で頬被《ほおかむ》りをした初蔵は闇《やみ》に紛《まぎ》れ、庭の植込みの陰に身を潜めた。

こんな格好を最後にしたのは二十五年ほど前だ。初蔵は三十歳ごろまで、大店や武家屋敷を専門に狙う盗《ぬす》っ人《と》だった。

孤児の初蔵は十歳ぐらいのときに盗っ人の親分に引き取られた。それから手ほどきを受け、二十を過ぎたころには一端《いっぱし》の盗っ人になっていた。

親代わりだった親分が亡くなってから手下たちはばらばらになった。もともと他人とつるむのが好きではなかった初蔵は、それを潮《しお》にひとりで仕事をするようになった。

盗んだ金はすべて酒と女と博打に使った。ときには商家の若旦那と称して吉原で豪遊したりもした。

太く短く生きると決めてかかっていた気持ちが変わったのは、おきんを知ってからだ。所帯《しょたい》を持つと決めたとき、盗っ人稼業《かぎょう》から足を洗った。博打とも縁を切った。鋳掛け屋の男について仕事を覚えた。三年後に初次が生まれ、貧しいながら満ち足りた暮らしをしてきた。

初次が七歳のとき、おきんが男といなくなった。懸命に探し回ったが、見つけ出すことは出来なかった。

それでも初蔵が自棄《やけ》にならなかったのは初次がいたからだ。初次のためにお天道様《てんとさま》に顔向け出来ない生き方は金輪際《こんりんざい》しないと誓い、それを守り、鋳掛け屋を続けてきた。

だが、初次は博打で職人になりそこね、今、借金で危機に瀕している。この危機を乗り越えさせ、まっとうな道を歩ませるためには金が必要なのだ。

降って湧いたような一番富の富札。一時でも手にした初蔵と長吉には分け前をもらう資格があるはずだ。

そのために初蔵は闘わなくてはならなくなったのだ。二十五年の空白と五十半ばという年齢では昔のような素早い動きは出来ないが、黒装束に身を包むと、若い頃の気力が蘇《よみがえ》ってきた。

障子が開いている部屋を覗く。数人の男がいた。間違いない。生駒屋勝造の顔が見えた。初蔵は床下に素早くもぐり込んだ。

話し声が聞こえてくる場所まで床下を移動する。声が聞こえてきたところで止まる。声は小さいが聞き耳を立てればなんとかわかった。

何人かがてんでに話している感じだったが、しばらくして静かになった。

畳を踏む音がした。誰かが入ってきたようだ。

「桧山《ひやま》さま、どうぞ」

「うむ、しからば」

誰かが桧山という男を上座に招じたようだ。話し方から、桧山は武士のようだ。

「女将。しばらく座を外してもらいたい」

この声は桧山を迎えた声と同じだ。

「では、お済みになりましたらお呼びください」

畳を擦る足音が幾つか去って行った。

静かになった。すると、さっきからの声がまた聞こえた。

「桧山さま。こたびはご心配をおかけして申し訳ございませんでした」

「ひとつ間違えればとんでもないことになっていた」

桧山の声だ。

「私の落ち度でございます」

新しい声がした。

「生駒屋ともあろう者が掏摸に遭うとはな」

桧山が冷たい声で言う。

「言い訳のしようがございません」

生駒屋の声だ。

「なんとか、瀬戸際《せとぎわ》で阻止でき、不幸中の幸いでございました」

最初からの声の主だ。

「天翔堂、そんな呑気《のんき》に構えていてよいのか」

桧山が咎めるように言う。

「掏摸の平太と一番富を持って名乗り出た男の件であれば、町方《まちかた》も見当《けんとう》違いの探索をしております。富札の件では、まず真相に行き着くことは考えられません」

「そうか。なら、安心してよいのだな」

「はい」

天翔堂は答えたあとで、

「ただ、鋳掛け屋の初蔵と申す男が姿を晦ましています」

自分の名が出て、初蔵はどきっとした。

「初蔵とは？」

「はい。私が財布を掏られるところを見ていた男です。初蔵は掏摸から財布を取り上げ、富札を自分のものにしました」

「その男がなぜ姿を晦ましたのだ？」

「身の危険を感じてのことと思います。我らの脅威となることはありませんから生かしておいてもいいのですが」

「いや、始末するのだ」

桧山が厳しい声で言う。

「いちおう、捜させています」

「見つけ次第、殺せ」

「はい」

「富札の件で町方が動いている気配はないな」

「ありません」

天翔堂が答えると、

「ただ、気になるのが青痣与力でございます」

生駒屋だ。

「気になるとは？」

桧山がきく。

「私が一番富の富札を持っていたことで店にやって来ました」

生駒屋が答える。

「あの男のことなら心配はいらぬ。町方は寺社には手出しが出来ぬ」

「桧山さまのお言葉をお聞きして安堵《あんど》いたしました」

生駒屋が答える。

「桧山さま。では、今回の……」

天翔堂が桧山に何か渡したようだ。

「うむ。遠慮なくもらっておく」

分け前の金か。桧山が手を伸ばしたようだ。

「次回はまた半年後か」

桧山がきく。

「そのことですが年二回では少ないような気がしております」

新しい声がした。

「というと？」

「三月《みつき》、あるいは四か月に一度というのはいかがかと思いまして」

「確かにそうすれば実入りはよくなるが、問題は当たり札を誰に渡すかだ。一切口外せぬ仲間の数には限りがある。頻繁《ひんぱん》にやれば、誰かが二度目の一番富ということになり、不審を持たれよう」

桧山が懸念を口にした。

「そのことでございますが」

「松山屋《まつやまや》に何かいい案でもあるのか」

松山屋の名を頭にたたき込む。

「はい。いっそ、当たりの者を架空の者にしてはいかがかと思いまして」

「いや。一番富になった者の喜びを世間に知らしめなければ。次は自分の番だと思って富札を買うのだ」

桧山が言う。

「何か他によい考えがあれば検討するのもやぶさかではない」

「わかりました」

汚い奴らだ。賞金を自分たちの懐《ふところ》に入れる相談をしているのだ。初蔵は胸がむかついてきた。だが、桧山がどこの武士かわかれば相手を脅す大きな材料になる。いや、想像はつく。初蔵は強請《ゆす》りの材料を見つけたと思った。

桧山の人相を見て、あとを尾けなければ……。そろりと床下から庭へ向かおうとしたそのとき、

「しっ」

突然、座が静まり返った。

初蔵がはっと身構えたとき、いきなり床を突き抜いて抜き身が襲った。初蔵の顔のすれすれで刃が止まり、すぐ引っ込んだ。

「床下だ」

見破られたと初蔵は愕然《がくぜん》とした。頭上をばたばたとひとが廊下に向かって駆けて行く。初蔵は急いで庭に飛び出そうとしたが、袴《はかま》の足が幾つも見えた。侍《さむらい》だ。桧山という武士の手下かもしれない。

「明《あか》りを持て」

誰かが叫ぶ。

　奥に向かって逃げようとしたとき、唸《うな》るような猫の鳴き声がした。その猫の鳴き声が遠ざかっていく。

「猫か」

　苦笑したような声が聞こえた。

「猫とな」

　桧山の声だ。

「女将。この辺りに猫はいるのか」

「はい。どうしても食べ物がありますので、ときおり猫がやってきます」

「そうか」

　桧山の声はどこか納得していない様子だったが、頭上の足音は再び座敷に戻った。ほっとため息をつき、猫を探したがどこにもいない。ただ、ふと黒い影が床下で動いたような気がした。猫とは思えなかった。

「そろそろ、お酒にしましょう」

　天翔堂が手を叩《たた》いた。

　やがて、女中たちが酒を運んできて酒宴になった。

　初蔵は床下を出て、建物に沿って移動し、再び庭の植込みに隠れた。桧山という侍の顔を見てみたかったが、障子が閉まった座敷の中は窺えなかった。

だが、桧山の正体を摑《つか》むのは明日でいい。そう思い、初蔵は庭から出て行った。

五

翌朝、髪結いが引き上げたあと、剣一郎は庭先で待っている太助のところに行った。

「昨夜はごくろうだった」

きのう、池之端仲町にある『はな家』の前まで行くと、太助が近寄ってきた。外出する生駒屋を尾けてきたということだった。ところが、もうひとり、生駒屋を見張っている男がいた。年寄だという。初蔵かもしれないと思ったが、さっき若い男がやってきてふたりで不忍池のほうに向かったという。若い男は長吉かもしれない。

寄合の様子を探るため庭に潜むと言う太助と別れ、剣一郎は初蔵と長吉らしきふたりを捜しに不忍池に向かった。

だが、ふたりを見つけることは出来ずに、剣一郎は虚《むな》しく引き上げた。

「何かわかったか」

「じつは邪魔が入りました」

「邪魔？」

「はい。庭の植込みに隠れていると、顔を隠した黒装束の男がやってきて、生駒屋がいる座敷の床下に先にもぐり込んでしまったのです。小柄な年寄のようだったので、初蔵かと思われます。あっしは座敷の話を盗み聴きしたかったのですが、話が聞ける場所まで近づけず、少し離れた場所から様子を窺うしかありませんでした」

太助は続ける。

「それからしばらくすると、どうやら気づかれたらしく座敷で騒動になり、侍が三人庭に出てきて床下を警戒しました。それで猫の鳴き声で助けたのですが、その後、初蔵は床下から出て、引き上げてしまいました。あっしは初蔵のあとを尾けようかとも思ったのですが、侍が気になり、そちらを尾けることにしました」

「そうか。で、突き止めたのか」

「はい。三十半ばぐらいの武士と供の侍の三人は神田橋御門外にある迫田讃岐《さこださぬき》守《のかみ》さまのお屋敷に入っていきました」

「なんと、寺社奉行の迫田讃岐守さまか。まさか……」

剣一郎は厳しい顔になった。

「讃岐守さまの家来です。初蔵らしき男が床下に潜んでいなければ、座敷での様子がわかったのですが……」

無念そうに、太助は顔をしかめた。

「やはり、初蔵は一番富のからくりを暴《あば》き出そうとしているようだな」

剣一郎は初蔵の気持ちを想像した。

「まさか、金にしようと？」

「おそらく、そうであろう。長吉とつるんで金を強請りとろうとしているのではないか。ふたりとも一度は一番富の富札を手にしたのだ。不正があった怒りもあり、賞金の分け前を手に入れようとしているのであろう」

ふたりが姿を晦ましたわけは、そこにあったのではないか。剣一郎はそう思った。

「初蔵は今は堅気のようだが、元は裏稼業の男だったのかもしれぬな」

「はい。素人《しろうと》ではありません」

「うむ」

剣一郎は頷いてから、

「ところで、太助。その武士の顔を見たか」

「見ました。色白で眉《まゆ》が薄く、能面のような顔をした男です。確か、大京寺の立会人も同じ侍だったように思います」

「よし。名を探り出そう」

「讃岐守さまの屋敷に？」

「いや。きょうは湯島天神の富くじの抽選があると聞いた。立会人として現われるかもしれぬ。そこで確かめよう」

「わかりました」

江戸の三富のひとつ湯島天神の富くじだ。必ず寺社奉行の配下から立会人が出る。おそらく、同じ家来が出てくるのではないか。

「それに初蔵も確かめに現われるかもしれぬ。そなたは初蔵の顔を見ているのだな」

「『生駒屋』を見張っているときに見ています」

「よし」

剣一郎はいったん奥に引っ込んで外出の支度をした。

湯島天神に向かう途中、剣一郎はふと思いついて、

「昨夜、初蔵は床下で話を盗み聴きしていたのだな。何か大事なことを聞いたのではないか」

「ええ、侍が床下に気づいて、騒ぎになったのですから、大事な話をしていたと思われます」

「そのことを確かめよう」

剣一郎は池之端仲町にある『はな家』に向かった。

まだ朝早く、『はな家』はひっそりとしていた。まだ起きていないかと思ったが、女将はもう身支度を整えていた。

土間に立った剣一郎を見て、女将は困惑した顔をした。

「また、何か」

「昨夜、『生駒屋』や『天翔堂』の主人ら、そして迫田様のご家来が酒宴を開いたそうだな」

剣一郎は切りだす。

「はい」

女将が用心深く頷く。

「そこでちょっとした騒ぎがあったそうではないか」

「いえ、たいしたことではなかったのです」

「しかし、一時は騒然となったようだが？」

「床下に誰かいるとお騒ぎになった方がおられましたが、猫だったんでございます」

「たかが猫で、なぜ、そんなに騒いだのだろうか」

「さあ」

女将は首を横に振った。

「その騒ぎのとき、女将はその場にいたのか」

「いいえ。大事なお話があったようで、私たちは座を外しました」

「そうか。店の者は誰もいなかったのだな」

「はい」

「迫田様のご家来はよく来るのか」

「いえ、半年ぶりかと思います」

「半年か」

半年ぶりということに意味があるのだろうかと、剣一郎は考えた。

「どんな話し合いだったのかわからないだろうな」

「私たちは聞いておりません」

「うむ、わかった」

剣一郎は応じてから、

「つかぬことをきくが、おまちが富仙院の陰富で一番富を当てたことを聞いているな」

「はい」

「その賞金の受け取りに『はな家』の奉公人が同道したようだが、それは誰だ？」

「うちの奉公人ですか。いえ、聞いていません」

「三十半ばの顎の長い男で、けわしい目つきをしている。遊び人ふうの男が『はな家』の奉公人とは思えないが、心当たりはあるか」

「…………」

「どうなのだ？」

「おまちに言い寄っている武三《たけぞう》という男だと思います」

「武三はどこに住んでいる？」

「どこかのお寺に奉公しているようです」

「寺か。わかった。邪魔をした」

剣一郎は『はな家』を出た。

「おまちは武三から一番富の番号を聞いたのに違いない。やはり、最初から一番富の番号は『鶴の一六四二番』に決まっていたのだ」

剣一郎は言ってから、

「ただ、このことを明らかにするための証《あかし》がない。偶然だとしらを切られたらそれを突き崩すのは難しい」

「掏摸の平太殺しと六郎殺しで武三をしょっぴくわけにはいかないのですか」

「それには初蔵の手を借りなければならない。京之進たちの探索でも武三のことは浮かび上がってきていない」

京之進たちの探索が行き詰まっているのは一番富の不正に気がついていないからだ。とはいえ、それに気づいて探索を行なっても証がない以上、深く追及できない。

「武三たちは平太から聞き出して初蔵に会いに行き、富札を取り返すように脅したのだ。初蔵が訴えてくれれば武三を捕まえ、そこから富くじのいかさまを暴くことが出来るかもしれない。だが、初蔵は我らに手を貸さぬ」

剣一郎は言い切った。初蔵と長吉は金を強請りとろうとしているのだ。だが、それは極めて危険だ。

池之端仲町から湯島天神にやってきた。

女坂も男坂もひとでいっぱいだった。急な男坂から上がった。まだ、くじ引きのはじまりまで間があるが、境内もひとで溢《あふ》れんばかりだ。

拝殿の横にある舞台まで大勢のひとをかき分けていかねばならなかった。

「あっしが舞台の近くまで行って確かめてきます。青柳さまはどこかでお待ちください」

太助が言う。

「では、鳥居の脇で待つ」

「じゃあ、行ってきます」

太助はひとを強引にかき分ける。ときおり、悲鳴と怒声が上がる。太助は雑踏《ざっとう》の中に姿を消していった。

剣一郎は鳥居まで戻った。

舞台の近くから喚声が上がった。羽織袴姿の世話役が登場したのだ。立会人の武士も現われたようだ。

剣一郎のいる場所からでは、舞台の上にいるひとの顔は、遠すぎてよくわからなかった。

しばらくして、太助が再びひとをかき分けて戻ってきた。

「ごくろう」

「わかりました。名は桧山哲三郎《てつさぶろう》で、やはり迫田讃岐守さまの家来だそうです」

「桧山哲三郎か」

寺社奉行には与力・同心《どうしん》はいない。したがって、寺社奉行としての役儀をこなすには自分の家来を使うのだ。

「この混雑では初蔵を見つけるのは難しい。引き上げよう」

「はい」

鳥居を出て、参道を引き返す。もう人通りは少なくなっていた。ひとは多いが、江戸の三富とも呼ばれる人気の富くじにしては、大京寺と大差ないように思えた。

「人出はこんなものか」

剣一郎は呟くようにきいた。

「大京寺のときもそうでしたが、以前より人出は減っているように思います」

「そうか」

おそらくあまりにも富くじが多くなり過ぎたからではないか。本富ばかりではなく陰富も多い。賭け事が気楽に出来るのだ。

本富で外れて首吊りをしたという話も耳にする。

「初蔵が強請りをかけるとしたら誰を狙うのでしょうか」

太助は問い掛けながら、

「やはり生駒屋なんでしょうね。まさか、桧山哲三郎には直接向き合えないでしょうから」

と、自分の考えを口にした。

「わしもそう思う。とにかく、初蔵と長吉の居所を突き止めたい。生駒屋に初蔵が現われたらあとを尾けるのだ」

「わかりました」

「わしは奉行所に戻り、京之進にこれまでの経緯を伝える」

新黒門町の『生駒屋』に向かう太助と別れ、剣一郎は奉行所に戻った。

夕方七つ（午後四時）前に、京之進が与力部屋にやってきた。

「青柳さま、お呼びでございましょうか」

京之進が部屋の敷居の前で声をかけた。

「入れ」

「はっ」

京之進が入ってきた。

「掏摸の平太殺しと六郎殺しはいかがか」

「目撃していた者もなく、難航しております」

京之進は口惜しそうに答えた。

「そのことだが、大京寺の富くじにいかさまが行なわれ、それと関わりがあるようなのだ」

「いかさまですか」

京之進が目を見開いた。

「修験者の富仙院善寿坊がやっている陰富で三人の者が大京寺の一番富を当てている。その三人とは、『はな家』の女中おまち、本郷の酒問屋『灘屋』の清太郎、そして下谷坂本町にある惣菜屋の主人だ。この三人には大京寺に関係している知り合いがいる」

剣一郎はそれぞれの知り合いの名を挙げ、

「つまり、この前の富くじは最初から当たりの番号がわかっていたのだ。ために、その富札を掏られた男は必死になって掏摸を捜した」

「そんないかさまが行なわれていたとは……」

京之進は憤然《ふんぜん》となった。

「このいかさまには寺社奉行迫田讃岐守さまの家来、桧山哲三郎が絡んでいる」

「なんと」

「讃岐守さまがどこまで関わっているかわからぬが、桧山哲三郎もしらを切るはずだ。いかさまを明らかにすることはかなり難しい。だから、我らが出来るのは平太殺しと六郎殺しの下手人を上げることだ。そこから、富くじのいかさまを暴いていくしかない」

「………」

「おまちに当たり番号を教えたと思われる武三は、掏摸の平太を殺した三人組のひとりではないかと思われる」

「武三ですか」

「三十半ばの顎の長い、人相のよくない男だ。おそらく大京寺で暮らしている。あとのふたりもいっしょにいるものと思える。寺には踏み込めないが、いざとなれば武三が寺を出たところで捕まえればよい。ただ、三人同時が望ましい」

「はっ」

「それから、我らとは別に動いている者がいる」

「別に？」

「初蔵と長吉という男らだ。長吉は知っているだろう」

剣一郎はふたりについて説明し、

「このふたりはいかさま富くじに関わった者を強請ろうとしている節《ふし》がある。おそらく、狙いは一番富を当てた生駒屋勝造ではないかと思われる」

「なんと」

「そんな簡単に強請りがうまくいくはずはない。極めて危険だ。このことも注視しておかねばならぬ」

「わかりました。さっそく、今お伺《うかが》いしたことを踏まえ、こちらの態勢を整えます」

「頼んだ」

京之進が去ったあと、剣一郎の脳裏をふと長谷川四郎兵衛の顔が過った。富仙院の陰富を裏で操っている旗本の探索がまったく進んでいないことに気が重くなった。

夕方、剣一郎が八丁堀の屋敷に帰って着替えていると、多恵が口を開いた。

「昼間、るいが参りました」

「なに、るいが？」

「はい。日本橋まで用事があったついでに、と言ってましたが、おそらくここに来ることが最初からの目的ではなかったかと思います」

「何かあったのか」

剣一郎は顔色を変えた。

先日会ったときはずいぶん元気そうだったが、その後何かあったのか。剣一郎は胸が騒いだ。

「るいのことではありません」

「というと？」

とっさに弥之助のことではないかと思った。どこか屈託がありそうだったのだ。

「ひょっとして、弥之助のことでは？」

「はい。そうです」

「弥之助がどうかしたのか」

「特にどうしたというのではなく、近頃食があまり進まず、ときどきどこか上《うわ》の空のことがあったり、独り言を呟いたりと……。新しい役目のことで悩んでいるのではないかと、るいは心配しているのです。それで、おまえさまから様子をきいてもらえないかと」

「そうか。るいにも気づくような変化があったのか」

剣一郎は放ってはおけないと思った。弥之助に与えられた任務がどんなものか、剣一郎はきき出さねばならない。剣一郎は今からでも飛んで行きたかったが、明日まで待つしかなかった。

第四章　泡沫《ほうまつ》の夢

一

翌日の朝、初蔵は新黒門町の『生駒屋』の店先に立った。

薄暗い土間に入る。古い甲冑《かっちゅう》が店の真ん中にでんと飾られている。

「いらっしゃいまし」

店番の男が近づいてきた。

「すまねえ、旦那《だんな》に用があるんだ」

初蔵は笑みを湛《たた》えて言う。

「どちらさまで？」

「初蔵っていう。大事な相談があると伝えてくんな」

堂々とした初蔵の態度に威圧《いあつ》されたように、店番の男は奥に引っ込んだ。

少し待たされた。初蔵は店に並んでいる古道具を眺め、木刀を手にした。それから、香炉《こうろ》を手にした。

ふと、おきんと所帯《しょたい》を持った当初、このような香炉があったことを思いだした。ときおり、香を焚《た》いていた。

男と逃げて十五年。どこで何をしているのか。今もその男とうまくやっているのか。なぜ、急におきんのことを思いだしたのか。

生駒屋との生死を賭けた闘いを前に、気持ちが昂《たかぶ》っていたのだろうか。

四半刻（三十分）後に、やっと男が戻ってきた。

「どうぞ、こちらに」

「わかった」

香炉を戻して、初蔵は男のあとについて帳場の隣の小部屋に入った。

それからまた四半刻ほど待たされ、ようやく四十絡《がら》みの目の大きな勝造がやって来た。初蔵を睨《にら》みつけてから、向かいに腰を下ろした。

「生駒屋勝造だが、どんな用だね」

生駒屋は身構えるように言う。

「生駒屋さんはあっしのことを御存じですね」

初蔵は微笑《ほほえ》みながらきく。

「いや」

「知らない男にこんなに簡単に会うんですかえ」

「早く用件を言え」

生駒屋は語気を荒らげた。

「相談があるんですよ」

「相談だと?」

生駒屋は悪臭を嗅《か》いだように顔をしかめた。

「へえ。じつは一番富の富札。賞金の半分はあっしのものじゃないかと思いましてね。生駒屋さんが掏《す》られた富札はしばらくあっしの手もとにあったんですからね」

「何の話だ」

「いやですぜ、とぼけなすっちゃ」

初蔵はいたぶるように、

「掏摸《すり》の平太が生駒屋さんから盗んだ財布の中に、大京寺の富札が入っていたじゃありませんか。『鶴の一六四二番』ですよ。それがあっしの手に渡ったんです」

長吉の名はあえて伏せた。

「まさか、一番富になるとは思っていなかったのに、驚きましたぜ。『鶴の一六四二番』があろうことか一番富だなんて……。ところが、妙なことになった」

初蔵は厳しい顔になって、

「生駒屋さんが一番富で、同じ富札を持っていた六郎って小間物商は殺された」

「………」

「事情がわかるまで悩みましたぜ。てっきり、同じ番号の富札が二枚あったのかと思ったりした。それより、妙なのは生駒屋さんが掏られた富札を三人の男を使って取り戻そうとしたことだ。当たるとは思えねえ富札を、殺しまでしてどうして探すのか」

「何が言いたいのだ？」

生駒屋が激しい声で口をはさむ。

「ですから、賞金の半分はあっしのものじゃないかと思うんですよ。五百両、分けていただけたらと思いましてね」

「ばかばかしい。おまえには関わりはない」

「生駒屋さんが出してくれないなら天翔堂さんに頼みに行くとしますか。それとも、桧山哲三郎さまにお願いしましょうか」

「………」

「五百両いただけたら、次回の一番富の当たりをあっしにしてもらっても構いませんぜ。仲間うちだけでまわしていると、世間から不審をもたれかねませんからね」

「きさま」

生駒屋は目を剝《む》いて、口をわななかせた。

「まさか、富くじであんないかさまが公然と行なわれていようとはね。寺社奉行の家来の桧山さままで加担しているとなると……」

「ばかばかしい、いい加減な作り話はやめろ」

「作り話じゃありませんぜ。一昨日夜、『はな家』の寄合で何かありませんでしたかえ」

「なに？」

「床下の猫に驚いて、桧山さまは刀で突いてきましたね。でも、あれは猫じゃありませんぜ」

「…………」

生駒屋は愕然《がくぜん》としている。

「だってあっしの目の前に抜き身が突き刺さったんですからね。肝《きも》を潰《つぶ》しましたぜ。たまたま、猫がいたんであっしは見つからずに済みましたが……」

「きさまが床下に？」

「そうでさ。話は全部聞かせてもらいました。半年ごとのいかさまをもっと頻繁《ひんぱん》にやりたいという相談をしておられましたね」

そのとき、廊下で物音がした。

「大京寺から例の三人組がやってきたようですね」

「なに？」

「なかなか生駒屋さんが現われなかったのは、呼びに行く時間稼《かせ》ぎだってお見通しですぜ」

初蔵は足を崩し、あぐらをかいた。

煙草《たばこ》入れを取りだし、

「煙草盆《ぼん》を貸していただけますかえ」

と、余裕を見せた。

いきなり襖《ふすま》が開いた。顎《あご》の長い人相のよくない男が顔を出した。

「てめえ、こんなところに顔を出しやがって」

「おう、久しぶりだな」

初蔵は煙管《きせる》に刻みを詰めながら言う。

「生駒屋さん。この爺《じじ》い、叩《たた》き出しますかえ」

「まだ話し合いが終わっちゃいねえ。おとなしくしていねえか」

初蔵が鋭《するど》い声で言うと、男は不思議そうな顔をして、

「てめえ、ほんとうに鋳掛《いか》け屋の初蔵か」

と、きいた。

「今まではな」

初蔵は煙草盆の把手《とって》を摑《つか》んで持ち上げ、煙草に火をつける。

煙を吐いてから、

「俺は歳をとったが、若い頃は盗賊仲間からも一目《いちもく》置かれた男よ。今度の件で、昔の自分が蘇《よみがえ》ったぜ」

と、初蔵は男を見る。

「おまえの名は」

他のふたりはこの男のことを兄貴と呼んでいたので、名前はわからない。

「武三だ。そうか、どうりで肝の据わった爺いだと思ったが、盗《ぬす》っ人《と》だったのか」

「まあ、座れ。おめえは大京寺に雇われているのか、それとも桧山哲三郎か」

「なんだと？」

武三が憤然《ふんぜん》とききき返す。

「この男は一昨日の寄合での話を床下から聞いていたそうだ」

生駒屋が口をひん曲げて言う。

「…………」

武三は腰を下ろした。

初蔵は煙草盆の灰吹《はいふき》に煙管の雁首《がんくび》を叩きつけて灰を落とし、新たな刻みを詰めながら、

「生駒屋さん。さっきの続きだ。生駒屋さんで埒《らち》が明かなければ天翔堂に行くが、どうだえ。まあ、天翔堂は富くじの世話役のようでもあるしな」

「爺い。無事に帰れると思っているのか」

武三が懐《ふところ》に手を入れた。

「匕首《あいくち》を呑《の》んでいるのか。そんな物騒《ぶっそう》なものをひけらかすんじゃねえ」

初蔵がぴしゃりと言う。

「うむ」

武三は唸《うな》って懐から手を出した。

「生駒屋さん、あっしが何の手も打たずのこのこやって来たと思いますかえ。へたすりゃ、ここから生きて帰れねえかもしれねえ」

初蔵はちらっと武三に目をやり、

「さっき言ったように、あっしは盗賊仲間から一目置かれていたんですぜ。あっしのために一肌脱ごうって男は何人かいるんですよ。富くじのいかさまの一切を書き記した文《ふみ》をそのひとりに預けてありましてね。富くじだけじゃねえ。掏摸の平太と六郎殺しの真相も書いてある。もちろん封をしてあるから、中身は知らない。ただ、あっしの身に万が一のことがあったら封を切れと言ってある」

初蔵は間《ま》を置き、

「その文を見て、どうするかはそいつ次第だ。奉行所に届け出るか。いや、盗賊仲間だ。こんな金になるネタを指をくわえて見てるはずはねえ。俺に代わってあらたな脅迫者になるだろうよ」

「……………」

「さあ、どうするね。俺と取引をするか。それとも、俺を殺して、盗賊の頭《かしら》と改めて闘うか。どうするね」

「わかった。相談して返事をする」

「相談？　誰とだ？」

「天翔堂さんと桧山さまだ」

「そのふたりで決められるのか。大京寺の住職は？」

「住職はいかさまには関わっていない」

「そうか。わかった。俺は分け前の五百両さえもらえればいいんだ。もし、相談の結果、金を払わねえということだったら、奉行所に駆け込む。俺が殺されたら新たな脅迫者が現われる。どっちがいいか考えろ」

　初蔵は武三に顔を向け、

「武三、おめえも金を払うように勧《すす》めたほうがいいぜ。でないと、おめえは平太殺しと六郎殺しで獄門だ」

　武三は息を呑んだ。

「じゃあ、明日の朝にまたここに来る。それまでに決めておくんだ。俺はどっちでもいいぜ。俺ひとりで富くじに関わった全員を道連れに、地獄へ落ちていってもいいんだ」

煙管の雁首を音高く灰吹に叩きつけ、煙管を煙草入れに仕舞って、

「じゃあ、俺は引き上げる」

と、立ち上がった。

「俺のあとを尾けようとしてもだめだ。俺に手を貸してくれる盗賊仲間が尾ける者がいないかこっそり見張ってくれることになっているからな」

そう言い残し、初蔵は部屋を出た。

外に、武三の仲間がふたり待っていた。

「ごくろうだな」

「てめえか。万年町からどこに移りやがった？」

ひとりが迫ってきた。

「やっぱり、俺を殺そうと捜していたのか」

初蔵は冷笑を浮かべた。

「きさま」

男が胸倉に手を伸ばしてきた。

初蔵は簡単に相手の手首を摑んでひねった。相手は一回転して背中から倒れた。

「いてえ」

男が悲鳴を上げた。

「体の動きは案外と忘れていないもんだぜ」

「このやろう」

もうひとりの男が飛び掛かろうとした。

「やめろ」

武三が怒鳴《どな》った。

「こいつはただの爺いじゃなかった」

「ただの爺いでいたかったぜ」

背中に敵意に満ちた目を感じながら、初蔵は下谷広小路から御成道に向かった。

神田川に出て、筋違橋を渡る。長吉が追いついてきた。

「尾けてくる者はいねえ」

「そうか」

「どうだった？」

「仲間と相談するそうだ。明日の朝、もう一度、『生駒屋』に行く。まあ、当然金を出すと言うはずだ」

そう言ったあと、ふと初蔵は足を緩《ゆる》め、

「思えば、ここで俺が喘息《ぜんそく》の発作《ほっさ》を起こしておめえとの縁が出来たってわけだ。おめえにとってはとんだ災難のはじまりになった」

「六郎のことなら初蔵さんのせいじゃねえ。六郎は一攫千金《いっかくせんきん》の夢を見てしまったけど、それは自分の責任だ」

「しかし、おめえは六郎が殺されたことに責任を感じているんだろう。富札さえ見せなければそんな夢は持たなかったと」

「…………」

「まあ、こんな話はよそう。それより、何度も言うようだが、おめえは奴らの前に顔を出すな。いいな」

「わかっている」

「じゃあ、先に行け。俺たちがいっしょのところを誰にも見られないようにするんだ」

「わかった」

長吉は先を急いだ。

遅れて、初蔵は柳原通りに入った。ふと、背後が気になった。なにげなく後ろを振り返る。

商家の内儀《ないぎ》ふうの女と女中、武士、駕籠《かご》。大道芸人、職人体《てい》の男たちの姿が目に入ったが、不審な人影はなかった。

気のせいか、と初蔵は思ったが、それでも一抹《いちまつ》の不安が消えない。武三たちが尾けてくるはずはない。

おそらく、不安のわけは昨夜の猫だった。桧山哲三郎に気づかれ、危うく敵に見つかりそうになったとき、猫が鳴いた。

あれで誰もが野良猫が床下にもぐり込んでいたと思った。だが、初蔵はまったく猫に気づかなかった。

ほんとうに猫がいたのだろうか。それに床下に潜んでいるとき、一度だけひとの気配を感じた。それは一瞬だったので深く考えもせずに済ませたが、そのことと猫の鳴き声。まさかとは思うが……。

初蔵は用心をした。柳原通りから両国橋までまっすぐ行くつもりだったが、浅草御門を潜《くぐ》って蔵前に向かった。

尾けられている気配はない。だが、野良猫の件がある。もし、床下にもうひとり潜んでいたのだとしたら……。

まったく気配を消して尾けてくるかもしれない。

御米蔵《おこめぐら》を過ぎて浅草三好町《みよしちょう》にやってきて、大川に出る。御厩河岸の渡しは対岸の本所と結んでいる。

初蔵は渡し船に乗った。十人ほどの客がいたが、ひとりで乗っている者はなく、怪しい客はいなかった。

やっと安心して初蔵は波に揺れる舟に身を任せた。

二

剣一郎は下谷七軒町の高岡弥之助の屋敷を訪れた。きょうはまず弥之助の親に挨拶《あいさつ》をしたあと、るいのところに顔を出した。

「父上」

るいは目を輝かせた。

「きのう来たそうだの」

「はい。申し訳ありません」

るいは詫びた。

「じつはわしも気にしていたのだ。任せておけ」

「はい」

そのとき、失礼しますという声と共に襖が開いて、弥之助が入って来た。

「これからか」

「はい」

「少し話がしたい」

「わかりました」

「では、私は……」

るいが部屋を出て行った。

剣一郎は弥之助と差向かいになった。

「先日、そなたは何か屈託《くったく》を抱えているようだった。どうしても気になってな」

るいから頼まれたことは口にせず、剣一郎は切りだした。

「何か、困難な役目を任されているのではないのか」

「じつは……」

弥之助は口を開いた。

「この前はまだ言えなかったのですが、ご老中《ろうじゆう》よりある旗本の探索を命じられました」

「旗本の探索？」

「はい。その旗本は近頃、高価な掛け軸や陶磁器、それに大きな庭石などを買い求め、さらには頻繁に屋敷に役者や芸人を招いて酒宴を開いたりしているそうです。かなりの浪費ぶりで、いったいその金はどこから得ているのかを調べよというご老中のお指図《さしず》でございました」

「その旗本とはどなただ？」

「はい。小普請組《こぶしん》の五百石の藤木勝右衛門《ふじきかつえもん》さまでです。出入りの商家などから聞込みをし、高価な品物が屋敷内にたくさんあるという話を聞き出し、内偵《ないてい》を続けました。その結果、無役の五百石の旗本にしてはかなり贅沢《ぜいたく》をしていると思いました」

弥之助は息継ぎをして続ける。

「近隣の屋敷の者にきくと、以前奉公していた女中の実家が葛西《かさい》で花を栽培しており、そこに元手を出して、夏は朝顔、秋は菊、冬はぼたんなど、さまざまな草花を江戸で売らせてその上がりを得ていると聞いていたそうです」

「なるほど」

「ただ、葛西で草花を栽培しているという百姓を訪ねてみましたが、どこにも藤木さまと繋がっている百姓は見つかりませんでした」

「はて、葛西ではないのか。それとも、草花の栽培というのは嘘《うそ》か」

「藤木家によく百姓が出入りをしています。一度、その百姓に訊《たず》ねたところ、たしかに葛西村の者だと答えました」

「しかし、妙だな」

剣一郎は首をひねった。

「近隣の屋敷の者は草花の栽培による収入だと思っているのだな」

「はい」

「誰かがご老中に密告したのであろうが、ご老中がそこまでして調べさせるほどに大きな事件とは思えぬ」

「はい。それほど大事なお役目なら、まだ新米の私より練達《れんたつ》の御徒目付《おかちめつけ》が他にたくさんいるはずなのですが」

弥之助も不思議そうに言った。

「で、弥之助はこの探索に行き詰まって悩んでいたのか」

「いえ、そのことが直接の原因ではありません」

「では、何か」

「はあ……」

弥之助は言いよどんだ。が、すぐ意を決したように引き締まった顔を向けた。

「ご老中さまに呼ばれ、様子を聞かれました際、今のようなことをお話ししたところ、思いがけないお言葉が……」

「思いがけない言葉？」

「はい。ご老中さまはこう仰《おつしや》ったのでございます。そなたの岳父《がくふ》どのは南町の青柳剣一郎であったなと」

「………」

「そうですと答えたところ、青柳どのは数々の難事件を解決に導いてきたと聞き及んでいる。青柳どのに相談するのもよいかもしれぬ。そう仰いました」

「なぜ、ご老中がわしのことを……」

剣一郎はその意図を量《はか》りかねた。

だが、ふと脳裏《のうり》を掠《かす》めたものがあって、剣一郎はそのことに思いが行った。

「藤木家に出入りをしている百姓に声をかけたそうだが、顔を覚えているか」

「はい。覚えております。中肉中背で、四角い顔の額《ひたい》に大きな黒子《ほくろ》がありました」

「よし」

剣一郎は膝《ひざ》を打って、腰を上げた。

「弥之助、これからわしについて参れ」

「はっ」

弥之助は何かを感じ取ったように勢いよく立ち上がった。

驚いたるいの見送りを受けて、ふたりは玄関に急いだ。


半刻（一時間）あまり後、剣一郎と弥之助は押上村にやって来た。北十間川に近い場所だ。

富仙院の道場に向かう一本道を、たくさんの老若男女《ろうにゃくなんにょ》がぞろぞろ歩いて行く。頭に兜巾《ときん》、鈴懸《すずかけ》という法衣に結袈裟《ゆいげさ》、手甲脚絆《てっこうきゃはん》に地下足袋《じかたび》を履き、手に錫杖《しゃくじょう》を持った修験者《しゅげんじゃ》の姿もあった。

剣一郎と弥之助は修験者のあとについて道場に向かった。

「あそこが道場だ。廃屋になった百姓家を改装したのだ」

剣一郎は来る途中で弥之助に陰富のことを話した。

「富仙院の陰富の札は買うだけで御利益《ごりやく》がある、つまり御札だというのが富仙院の言い分だ。御札が陰富の札になっているので、かなり売れているようだ」

「なんと、うまいやり方ではありませんか」

「そうだ。うまく、世間の噂《うわさ》を利用している。その点では、これを考え出した者はかなりの策士だ」

道場の戸口には白地に星の形をした紋の入った垂れ幕がかかっている。

剣一郎は土間に入る。履物でいっぱいだった。広い板敷きの間には大勢の信者が座っていて、護摩壇《ごまだん》に向かって祈禱《きとう》をしている富仙院の声に合わせて呪文を唱《とな》えていた。

さっきの修験者は奥に消えたらしくこの場にはいなかった。

半刻後に祈禱が終わると富仙院は立ち上がり、信者に対して何かを語りかけた。そのとき、弥之助が廊下に目をやった。

「あそこに現われた山伏《やまぶし》の格好をした男。例の男です」

剣一郎も目をやる。

「確かに四角い顔で額に大きな黒子があるな。間違いないか」

「はい。間違いありません」

「よし、出よう」

「はい」

ふたりは外に出た。薄暗い場所から陽光の下に出たので、弥之助はまぶしそうに手をかざした。

ふたりは北十間川に出た。川の向こうは向島《むこうじま》の田地が広がり、大川のほうには有名な寺社の屋根が見える。

「義父上《ちちうえ》。藤木勝右衛門さまは陰富で大儲《もう》けをしていたのですね」

「そうだ。陰富を隠すために自身で草花の栽培だと言いふらしているのだ。富仙院を使っての陰富を思いついたのは藤木勝右衛門どのに違いない」

剣一郎は言い切った。

「富仙院はもともと北森下町の裏長屋で祈禱師紛《まが》いのことをしていた男だそうだ。富仙院のことを知った藤木勝右衛門どのが話を持ち掛けたのだ。そして、富仙院のために廃屋を手に入れて道場を造り、富仙院の祈禱はよく当たるという噂を奉公人などに吹聴《ふいちょう》させ、富仙院の評判を高めた。その上で、陰富をはじめた。富仙院の陰富の特異な点は富札が御札になっていることだ。さらに、他の陰富の一番富は八倍だが、富仙院の陰富は十倍だ。そして、陰富の御札は仲間がみな山伏の格好をして江戸の町で売り歩くのだ」

「富仙院はほんとうの修験者なのでしょうか」

「それらしい雰囲気を出しているが、話した感じでは厳しい修行を積んできた者には思えなかった。だから、誘われたとはいえ、陰富などに手を出したのだろう」

「そうですか」

弥之助はふっと大きく息を吐き、

「これからどうしたらいいのでしょうか」

と、きいた。

「うむ。修験者は寺社奉行の支配だ。町方は手出し出来ぬ。もちろん旗本にもだ。だから、弥之助に動いてもらわねばならない」

「はい」

「藤木家の奉公人に、富仙院の信者と称してあの道場に出入りしている者がいるはずだ。人手を借り、奉公人の動きを調べるのだ」

「わかりました」

「さっきの四角い顔で額に大きな黒子がある男、山伏の格好をしているが、おそらく偽《にせ》ものだろう。だが、本人は富仙院の弟子だと言い張り、富仙院もまた弟子だと言うに違いない。だから、あの男を問い詰め、藤木家との関係を吐かせるのは難しいだろう」

「では、どうすれば？」

「わしがひとりであの男に当たってみる。まだ藤木どのとの関係は気づいていないことにしたいのでな」

「わかりました」

弥之助は今度は迷ったような返事をした。

「どうした？」

「もし、陰富が露顕《ろけん》した場合、藤木さまはどうなりましょうか」

弥之助は真顔できいた。

「制裁は免《まぬか》れまい。死罪か遠島《えんとう》、よくて甲府勤番《きんばん》か。お家断絶の憂《う》き目を見るかもしれぬ。それがどうかしたか」

「はい。じつは藤木さまには十八歳の嫡男《ちゃくなん》に十六歳と十四歳の娘御がおられます。十六歳の娘御は同じ旗本の家に嫁《とつ》ぐことになっているそうです」

「そなた、同情しているのか」

剣一郎は鋭い目を向けた。

「陰富を企《たくら》んだのは藤木勝右衛門さま。そのために、お子たちが犠牲になっては……」

「事が露顕すれば、お咎《とが》めを受けることは承知のはず。それでも藤木どのは手を出したのだ」

「娘御が嫁ぐ話も破談になりましょう」

「弥之助、そなたの気持ちもわからんでもない。だが、御政道に背《そむ》くことを行なった報《むく》いは当然受けなければならない」

「はい」

「まずは陰富の真相を摑むことだ。それをしなければ何もはじまらん」

「わかりました」

「わしはこれから道場に戻り、さっきの男のことを調べてみる」

「では、私は藤木家の奉公人を調べてみます」

吾妻橋を渡って引き上げる弥之助と別れ、剣一郎は再び、道場に向かった。

道場の広間にはまだ信者ふうの男女が何人かいたが、富仙院の姿はなかった。

「頼もう」

剣一郎は土間から奥に向かって声をかけた。

先日の弟子が現われた。

「富仙院に会いたい」

剣一郎は切りだす。

「申し訳ございません。ただいま、奥にてご祈禱をはじめたばかりでございまして しばらくは……」

「この広間で行なうのではないのか」

「はい。こちらは一般の祈禱でございまして、格別な依頼によるご祈禱は奥で行ないます」

「格別な祈禱とは何か」

「密教の教えの呪文を唱え、祈願をなさいます」

「まさか、呪《のろ》いではあるまいな」

「とんでもない。重い病気の平癒祈願などでございます」

「まあよい。ところで、さっき見かけたのだが、四角い顔で額に大きな黒子がある行者の格好をした男がいたが？」

「はい。弟子でございます」

「名は？」

「円角《えんかく》と申します」

「円角はどこで修行してきたのだ？」

「富仙院さまと同じ、羽黒山《はぐろさん》でございます。富仙院さまがここに道場をお開きになったとき、私と同様に弟子入りをいたしました」

「この道場にいるのは富仙院以外にそなただけだと、先日は話していたが？」

「円角は別に居を構えています」

「どこだ？」

「私は知りません」

「知らない？」

「はい、きいたことはありませんので」

「普段は何をしているのか知らぬのか」

「知りません」

首を横に激しく振った弟子を見て、剣一郎は含み笑いをし、

「そうか。すまぬが、円角を呼んでもらえぬか」

「円角に何か」

弟子の表情に警戒の色が浮かんだ。

「円角は別の場所で祈禱をしています」

「どこだ？」

「恐れ入りますが、何のお調べでございますか」

「じつはある訴えがあってな」

剣一郎は思わせぶりに言う。

「訴え？」

「そうだ」

「なんでございましょうか」

「百姓姿の円角に会ったというのだ。修験者に化けているとしたらその狙《ねら》いは何か」

「まさか。富仙院さまもお認めになっているのです。偽ものなんてありえませ

ん」

「富仙院もそなたも騙《だま》されているのかもしれぬ」

「そんなことあり得ません」

「どうして、そう言えるのだ。そなたも円角の住まいさえ知らないのではないか。騙されているのに気づいていないのではないか」

「そんなはずは……」

「心配いたすな。偽ものだと決めつけているわけではない。ただ、話を聞きたいだけだ。呼んでもらおうか」

「わかりました」

弟子は立ち上がって奥に引っ込んだがなかなか円角はやって来なかった。おそらく対応を打ち合わせているのだろうと想像した。

やっと四角い顔の男がやって来た。

「円角でございます」

野太い声だ。

「南町の青柳剣一郎と申す。少し話を聞かせてもらいたい」

「なんでございましょうか」

警戒している。

「そなたは自分の住まいで祈禱をしているそうだな」

剣一郎は切りだす。

「はい」

「場所はどこだ？」

「本郷菊坂町《きくざかちょう》です」

「祈禱客は来るのか」

「ぼちぼちです」

「富仙院に弟子入りしたわけは？」

「富仙院さまのような霊験《れいげん》を……」

「円角」

富仙院が現われて声をかけた。

「もうよい。向こうに」

富仙院は円角に言って、剣一郎の前に腰を下ろした。

「青柳さま。我が弟子にご不審がおありでしたら、どうぞ寺社奉行の許しを得てからにしていただきたいのですが」

「必要ならそうしよう」

剣一郎はそう言い、

「そなたにひとつきくが、ここひと月かふた月の内《うち》に、怪《あや》しい者がうろついていたことはないか」

「………」

富仙院の顔つきが変わった。

「何かあったのか」

「ひと月ほど前まで、妙な男が毎日のように熱心に道場に訪れていました。私が外出するたびにあとを尾けて来ました」

「何者か、想像がついたか」

「おそらく……」

富仙院は慎重な口ぶりで、

「大京寺に関わりある者ではないかと」

「大京寺? 富くじ絡みか」

「はい。陰富の我らを探りにきたのではないかと思っております」

「で、その妙な男はどうした?」

「今はもう来なくなりました」

「なぜだ？」

「大京寺の富くじと競合するものではないとわかったからかもしれません」

「その後、何か変わったことは？」

「何もありません」

「ところで、前回もきいたが、そなたは誰かの後ろ楯《だて》があって、ここに道場を開いたのではないのか」

「いえ、違います」

「御札を売るという体裁をとって、大京寺の陰富を思いついたのもそなたか」

「さようでございます」

「ほう、今回ははっきり認めるのか」

「後ろ楯などいないと申しました」

富仙院は強気に出た。

「先ほどの大京寺に関わりある者が様子見に来たという話だが、実際は後ろ楯の存在を探るために来ていたのではないか」

「…………」

「どうだ？」

「後ろ楯はおりませぬ」

富仙院は強い口調で言う。

「ならば、そなたの一存で陰富をやめることは出来るのだな？」

「我らは御札をお譲りしているのであって、陰富はあくまでも余禄でございます」

「では、余禄をやめることは出来ぬのか」

「たくさんの人々が楽しみにしておられます。庶民にささやかな夢を与えているという自負もございます」

富仙院は胸を張って答え、

「本富は大きな夢を、陰富は小さな夢を与えます。弊害《へいがい》があるのは認めます。それは一攫千金を夢見る本富のほうにありましょう。本富は博打《ばくち》です。一か八かの勝負に負けた者が首をくくったり川に飛び込んだり。本富こそ非難されるべきではありませんか」

「なるほど。そのほうの言うことも一理ある」

剣一郎は認めてから、

「だが、そなたの言い条は興行側の考えだ。寺社が本富を認められているのは寺社の修繕費用を賄《まかな》うためだ。だが、陰富はその大義名分がない。興行している者が大儲けをしている」

「それは……」

富仙院は言葉に詰まったが、開き直ったように、

「ともかく、寺社奉行さまよりお達しがあるのならともかく、やめるつもりは毛頭ありません。他の陰富はともかく、この富仙院の陰富は衆人を救うためにはじめたもの。大義名分なら、まさにそのことでございましょう」

「救うのは後ろ楯の者ではないか。そなたの背後にいる者が高笑いをしているのではないか」

「…………」

「いずれわかろう。邪魔をした」

立ち上がってから、剣一郎は思いついたようにきいた。

「円角が修験者に間違いないのであれば、円角に似た百姓姿の男はまったくの無関係であるな」

「円角とは別人でございます」

「さようか。もし、円角に似た百姓姿の男を見かけたら問い質《ただ》してみよう」

円角が百姓姿になって藤木勝右衛門の屋敷に向かうことを牽制《けんせい》し、剣一郎は道場をあとにした。

三

翌日の朝。初蔵は新黒門町の『生駒屋』の小部屋に通されて、生駒屋を待った。

きょうは待つほどのこともなく、すぐ生駒屋がやってきた。連れがいた。鼻が大きく、唇《くちびる》が分厚い。

「これは天翔堂さんもごいっしょでしたか」

初蔵は余裕を見せて言う。

天翔堂は初蔵の前に座って、

「生駒屋さんから聞いたが、何かおまえさん勘違いなさっていますな」

と、口元を歪《ゆが》めた。

「勘違いですって」

「そうです。大京寺の富くじにいかさまがあったということですが、どこに証拠があって仰っているのでしょうか」

「証拠ですって。三日前の夜、あっしは『はな家』の床下ですっかり話を聞いたんですぜ。そのことは生駒屋さんにも話した」

「ですが、あなたが聞いたという話がほんとうかどうか、それが嘘ではないという証《あかし》があるのでしょうか」

　天翔堂は含み笑いをし、

「あなたの訴えを、どのくらいのひとがほんとうだと思いましょうか。盗っ人の言うことと寺社奉行の家来桧山さまはじめ、我らの言い条と世間はどっちを信じると思いますか。それとも、何か確たる証拠がおありですか」

「なるほど。おまえさん方の腹の内が読めた。ようするに、金は払わねえっていうことだな」

　初蔵はこう出るだろうということは想定していた。

「払う必要はないと思っています」

「そうですかえ。じゃあ、談判決裂ってことでいいんですね」

「我らに弱みはありません。世間の誰がおまえさんのことを信じましょう。気の狂《ふ》れた年寄があっちこっちで作り話をして金を強請《ゆす》っているという評判を立てるのは簡単です」

「どうやら、おまえさん方は当座のことしか考えていないようだな」

「当座？」

天翔堂は冷笑を浮かべてきき返す。

「確かに、あっしの訴えを誰も取り上げないかもしれない。掏摸の平太と六郎という男が殺された真相もわからずじまい。その点じゃ、天翔堂さんの言うとおりだ。だが、おまえさん方は大事なことに目がいっていない」

「なんだか最後の悪足搔《あが》きのようですな。そんな御託《ごたく》はいいから、さっさと引き上げてもらいましょう」

「聞くんだ」

初蔵は凄味《すごみ》を見せて一喝《いっかつ》した。

生駒屋はびくっとし、天翔堂は口を半開きにしたまま初蔵を見ている。

「いいかえ、信じようが信じまいが、俺が訴えたことは世間に広まってしまうんだ。そうなったら、今度いかさましたらばれてしまう公算が大きくなるだろう。いや、もう二度といかさまは出来ねえ。半年ごとのいかさまをもっと頻繁にやりたいというおまえさんたちの望みがだめになるどころか、もうあんなうまい汁は吸えなくなるってことだ」

「………」

「そこまで覚悟して俺の求めを断るというなら、俺は何も言わねえ。尻尾《しっぽ》巻いて退散し、奉行所に恐れながらと訴える。それでいいんだな」

天翔堂と生駒屋は表情を強張《こわば》らせたまま口を閉ざしている。

「よし、わかった。ここまでだ」

初蔵は立ち上がった。

「待て」

天翔堂が引き止めた。

「わかった。払おう」

「払う？」

初蔵は腰を下ろし、

「五百両、びた一文負けねえぜ」

「わかった。明日払う」

「明日だと？　だめだ、今日中にもらいてえ」

天翔堂は生駒屋と顔を見合わせ、

「わかった」

と、応じた。

「ただし、大京寺まで来てくれ。金は大京寺に預けてあるのだ」

「何か企んでいるわけじゃねえだろうな」

「そんなことはしない。それより、おまえさんもちゃんと仲間に預けてあるという封書を持ってくるのだ。金はそれと交換だ」

「よし、いいだろう。じゃあ、七つ（午後四時）でどうだ？」

「それでいい」

初蔵は今度はほんとうに立ち上がった。

「じゃあ、またあとで」

そう言い、悠々と部屋を出て行った。

新黒門町から神田川にかかる筋違橋に差しかかったとき、長吉が追いついてきた。

「誰も尾けてこねえ」

長吉は初蔵に並んで、

「で、どうだったんだ？」

と、きいた。

「きょうの夕方七つに大京寺で取引だ」

「いよいよか」

長吉が声を弾《はず》ませた。

「俺ひとりで行く。おめえは不忍池の弁天島で俺の帰りを待て。あとを尾けてくる者がいないか確かめるのだ」

「わかった」

「おや」

初蔵は立ち止まった。

「どうしたんだ？」

「気のせいか」

初蔵は辺《あた》りを見回して言う。

「ああ、近くには誰もいないぜ」

「うむ」

初蔵は川のほうに目をやった。

「どうやら、俺も落ち着いていると思っていたが、少し過敏になっているようだ」

「じゃあ、俺は先に行く」

「ああ」

長吉は駆けだして行った。

また、さっきの気配を思いだした。ほんの一瞬だったので気のせいで済ませてもよかったのだが、きのうのことを思いだした。

何者かに尾けられているような気配を感じたのだ。しかし、それらしきひと影は見いだせなかった。

だが、気になり、御厩河岸の渡しで本所に行った。さすがに尾行者も渡し船にまでは乗り込んでこられなかった。

いったん本所横網町の荒物屋に帰って、例の富くじのからくりに関して書き記した封書を懐に仕舞い、改めて出立《しゅったつ》した。

さすがに若い頃と違って、これから谷中まで歩くのもきついと思ったが、早く金を手に入れたかった。

夕七つ前に大京寺に着いた。

富突きの日はひとで溢《あふ》れ返った境内《けいだい》も今は閑散《かんさん》としていた。くじ引きで使われた仮設の舞台も今はない。

天翔堂と生駒屋はまだ姿を現わさない。足音がして振り返ると、本堂のほうから男が近づいてきた。武三だった。

「こっちだ」

武三は初蔵を招いた。

黙ってついて行く。

武三は本堂の脇から裏に向かった。そして、墓地の横の坂を上って行くとお堂があった。その前に、天翔堂と生駒屋が待っていた。

初蔵はふたりの三間（約五・四メートル）ほど前まで行って立ち止まった。

「金は持ってきましたかえ」

初蔵は落ち着いた口調できく。

「ここにある」

生駒屋が紫の風呂敷を見せた。

「中を確かめてえ」

「封書は持ってきたのだろうな」

天翔堂が強い口調できいた。

「持ってきた」

初蔵は懐から封書を取りだした。

「金が先だ」

「よし。金を改めろ」

初蔵は生駒屋から風呂敷包を受け取り、結び目を解き、切り餅が二十個入っていることを確かめた。

「よし、いいだろう」

初蔵は頷《うなず》き、風呂敷を結わいて、

「ほれ」

と、封書を天翔堂に渡した。

天翔堂は封書の中の文に目を通してから、

「これ以外にはないな」

と、顔をしかめてきいた。

「ない」

「いいだろう」

「これで取引は終わりだ。あとはもうおまえさん方とは何の関係もない」

そう言い捨て、初蔵が踵《きびす》を返そうとしたとき、

「待て」

と、天翔堂が呼び止めた。

初蔵は振り返った。

「まだ、何か」

「取引は終わっていない。これからだ」

「なに？」

初蔵はふと顔面に強風を浴びたような不安を覚えた。

「武三」

天翔堂が声をかける。

お堂の裏から武三らが、猿ぐつわをかませ、後ろ手に縛《しば》った若い男を引きずるように連れ出した。

「あっ、初次」

初蔵は思わず叫んだ。

「動くな」

武三が匕首を初次の喉元《のど》に当てた。

初次は目を剝いていた。

「やめろ」

初蔵は怒鳴る。

「初蔵さん、これからがほんとうの取引だ」

天翔堂が一歩前に出てきた。

「まず、その金を返してもらいましょう」

「…………」

三人組のひとりが初蔵に近づいてきて、風呂敷包に手を伸ばした。

「よせ」

初蔵はその手を払った。

「やい。倅《せがれ》がどうなってもいいのか」

武三が声を張り上げた。

「ちくしょう」

初蔵は金を渡した。

もうひとりの男もやってきて、初蔵を縛り上げ、初次の横に連れて行った。

「初次、どうしてこんなことに……」

初蔵は声をかけた。

初次は口をもぐもぐさせたが声にはならなかった。

「探し回ったのだ。そしたら、根津遊廓にのこのこ出てきやがった」

武三が続けた。

「おめえがよけいな真似《まね》をしなければ、初次も無事でいられたものを」

「初次」

初蔵は初次の目に涙を見て胸が抉《えぐ》られた。とっつあん、すまねえと初次は詫《わ》びているようだった。

そこに侍《さむらい》が現われた。桧山哲三郎だ。背後に配下の侍をふたり連れていた。

「この男が床下に潜んでいたのです」

天翔堂が教える。

「そうか」

桧山哲三郎は憎々《にくにく》しげに初蔵を睨みつけ、

「猫の鳴き真似をして、あの場を切り抜けるとはたいしたものだ」

と、口元を歪めた。

猫……。そうだ、あのとき、猫はいなかった。猫の鳴き声は俺じゃねえ。やはり、あの床下にもうひとり誰かがいたのだ。

「桧山さま、このふたりをどういたしましょうか」

武三がきいた。

「始末しろ。死体はここの墓地に埋める」

「わかりやした」

「桧山さま」

天翔堂が口をはさんだ。

「棒手振《ぼてふ》りの長吉が残っていますが」

「戻らぬ初蔵を捜しにここにやって来るはずだ。そのとき、始末すればよい。とりあえずは、このふたりだ」

「わかりました」

天翔堂は頷き、

「武三、頼んだ」

と命じる。

「悪事がいつまでも続くと思うのか」

初蔵は桧山哲三郎に吐き捨てるように言う。

「おぬしがいなくなれば、まだまだ続く。父子仲良くあの世とやらに行くのだ」

「待て」

初蔵は訴える。

「倅は関係ねえ、倅は助けてやってくれ」

「だめだ。秘密を知った者は死んでもらうしかない」

「後生だ。倅を助けてくれ」

初次は何かを訴えかけているが、猿ぐつわのために声が出せなかった。

「今度は泣きごとか。見苦しい」

桧山哲三郎は嘲笑《ちょうしょう》し、

「殺《や》れ」

と、武三に命じた。

「へい」

武三は匕首を構え、初蔵の心ノ臓に向けた。

初蔵は観念した。悔いは初次を巻き込んでしまったことだった。せめて、初次を助けたいと思ったが、無理のようだった。

だが、助かったとしても、この先初次はまっとうに生きられないのかもしれない。博打にどっぷり浸《つ》かった生き方しか出来ないのであれば、生きていても仕方ないのかもしれない。

陽は傾《かたむ》き、西陽が射してきた。その西陽を受けて匕首の刃が光った。

「覚悟しやがれ」

武三が吐いたとき、

「やめろ」

と、叫びながら誰かが駆けてきた。

「長吉……」

初蔵は唖然とした。

「長吉というのはそのほうか。自分から出てくるとは呆《あき》れたものよ」

桧山哲三郎は冷たい笑みを浮かべた。

「いいか。ここに同じことを書いた文がある。もし、初蔵さんを手にかけたらこれを奉行所に届ける」

長吉は封書を掲げて叫んだ。

「そいつは偽物だ」

「どうかな」

初蔵は含み笑いをした。

「きさま」

天翔堂が初蔵を睨みつけた。

「ふたりを放せ」

長吉が声を震わせて怒鳴る。

桧山哲三郎の配下の侍が長吉に迫ろうとする。

「動くな。動いたら、すぐに踵《きびす》を返して近くの自身番《じしんばん》に駆け込む」

長吉は叫ぶ。

「長吉、逃げろ。今から自身番に駆け込め」

初蔵が叫ぶ。

「いや、初蔵さんを助ける。さあ、早くふたりの縄を解け。解くんだ」

長吉は迫る。

「ばかな男だ」

桧山哲三郎は言うや初蔵の傍《そば》に行って刀を抜いた。

「長吉とやら」

切っ先を初蔵の喉元に突き付け、

「その文を寄越《よこ》せ、さもなければ初蔵の喉を掻っ切る」

と、脅した。

「長吉。俺に構うことはねえ。すぐに自身番に駆け込むんだ」

「長吉。動いたら初蔵を殺す」

桧山哲三郎が言う。

「長吉、逃げろ」

「だめだ。俺は初蔵さんを見捨てて逃げられやしねえ」

「よし。封書をもらおうか」

桧山哲三郎が長吉のほうに近づいてきた。

そのとき、猫の鳴き声がした。

「猫……」

はっとしたように、桧山哲三郎は立ち止まって耳を澄ました。

「あのときの猫の声だ」

桧山哲三郎は唖然として、

「あの猫の鳴き声はそなたではなかったのか」

と、初蔵に詰め寄った。

「俺じゃねえ」

初蔵は口元を歪め、

「あのとき、もうひとり床下にいたんだ。気づかなかったのは迂闊《うかつ》だったな」

「なんだと」

桧山哲三郎は顔色を変え、

「おい、お堂のまわりを捜せ。誰かいる」

と、叫ぶように配下の侍たちに命じた。

配下の侍たちはお堂のまわりから床下を探し回った。

侍はすぐ戻って来た。

「いません」

「わかった」

桧山哲三郎は初蔵の前に立ち、

「猫の鳴き声は誰だ?」

「さあな」

「長吉」

桧山哲三郎は長吉に目をやり、

「誰だ?」

と、同じことをきいた。

「知らねえ。あっ」

長吉は脇腹に刀の切っ先を突き付けられた。新たな桧山哲三郎の配下がいつの間にか長吉に近づいていたのだ。

「長吉。残念だったな」

桧山哲三郎は近づいて長吉から封書をひったくった。そして、中を開いて顔をしかめた。

「白紙か」

桧山哲三郎はにやりと笑い、

「やはり、偽物だったな」

と、呟《つぶや》く。

「長吉を初蔵のそばに並べろ」

配下の侍は長吉を初蔵の横に連れてきた。

「三人仲良く、あの世に旅立ってもらおう」

「殺ってみやがれ」

初蔵は吐き捨てる。

「あっしに殺らせてくだせえ」

武三が進んで言う。

「さんざん振り回された礼をさせてもらうぜ」

武三は改めて匕首を構えた。また猫の鳴き声が聞こえるかと思ったが、もう聞こえそうになかった。やはり、本物の猫だったのか。

「長吉、なぜ逃げなかったんだ。初次、すまねえ。許してくれ」

「やめろ」

長吉が叫ぶ。

「おとなしくしろ、すぐ、おめえもあの世に行くんだ。初蔵、覚悟しやがれ」

初蔵は目を閉じた。やがて、胸に燃えたぎる火を押しつけられたような痛みが走る。そう思ったとき、何か風を切る音を聞いた。

心ノ臓に迫る衝撃はなかった。目を開けたとき、武三が手をもう一方の手で押さえながら怒鳴った。匕首が足元に落ちていた。

初蔵は向こうからゆっくり歩いてくる編笠《あみがさ》の武士を茫然《ぼうぜん》と見ていた。

武三が叫んだ。

「誰でえ」

四

辺りはだいぶ暗くなっていて、風が出てきて木立《こだち》を揺らしていた。

剣一郎はゆっくり桧山哲三郎の前に近づく。

「何奴だ」

配下の侍三人がいっせいに剣一郎を取り囲んだ。

「名乗るほどの者ではない。初蔵たちを迎えに来た」

「初蔵の仲間か」

「そういうことだ」

「きさま」

三人がいっせいに刀を抜いた。

その場にいる者が皆、剣一郎に気を取られていると、お堂の屋根から黒い影が飛び下りた。太助だ。

初次を捕らえていた男を背後から激しく突き飛ばした。男は武三の足元まで転がってきた。すかさず、太助は初蔵を押さえつけている男にもこん棒で殴《なぐ》り掛かった。

　初次が初蔵の縄を解く。

「てめえ、誰だ？」

　武三が憤然として問うた。

「あっしが猫の正体ですよ」

　太助が誇るように言い、

「初蔵さんたちを殺したってだめですぜ。あっしがいるんですからね」

　武三が太助に迫ろうとした。

　だが、武三の前に初蔵が立ちふさがった。

「老いてもまだ昔の腕は忘れちゃいねえ」

　武三とふたりの男は身構えたまま身じろぎ出来ずにいた。

「桧山哲三郎。そなたは寺社奉行迫田讃岐守さまの家来だな」

　剣一郎が問い詰める。

「無礼者。我らに歯向かう気か」

配下の侍が剣を構えた。

「富くじのいかさまを讃岐守どのは御存じなのか」

「知らぬ。わしの一存だ」

桧山哲三郎が答える。

「では、主君を裏切っているということか」

「………」

「答えられぬのか。つまり、讃岐守どのはそなたのやっていることをうすす感づいているということだな」

「殺れ」

桧山哲三郎が命じる。

剣一郎が刀の柄《つか》に手をかけた瞬間、侍のひとりが上段から斬《き》り込んできた。剣一郎は相手の剣を弾き、右横から襲ってきた剣に身を翻《ひるがえ》して相手の利《き》き腕に切っ先を向けた。

相手はうめき声を上げて、後退《あとずさ》った。

「おのれ」

三人目の大柄な侍が刀を肩に担《かつ》ぐようにして突進してきた。剣一郎は脇構えで迎え撃つ。

相手が迫った瞬間に剣一郎は地を蹴り、すれ違いざまに相手の脾腹《ひばら》を刀の峰《みね》で打ちすえた。

相手は数歩行き過ぎてくずおれた。最初に上段から斬り込んできた侍が再び斬りかかってきた。

剣一郎は今度は鎬《しのぎ》で相手の剣を受け止め、押し返してから回り込みながらさっと剣先を下げる。相手は前のめりになってたたらを踏んだ。

背後からその右肩に峰打ちを入れた。相手は呻《うめ》きながら倒れた。

「俺が相手だ」

桧山哲三郎が剣一郎の正面に立った。

自然体で立ち、刀は鞘《さや》に納めたままだ。居合の使い手だ。

「なぜ、いかさまに手を出した？」

剣一郎はきいた。

「そなたには関わりない」

「もはや、この騒動、讃岐守どののお耳に達しよう。同じことをきかれたら、なんと答えるつもりだ？」

「そなたに話す謂《い》われはない」

「近頃、大京寺の富くじの陰富がだいぶ人気があるようではないか」

「………」

桧山哲三郎が眉根《まゆね》を寄せた。

「富仙院の陰富だ。修験者の御札と富札を兼ねているそうだ。御利益があるという噂が広まったためか、大勢の者たちが陰富に群《むら》がっている。このあおりを受け、本富である大京寺の富札の売れ行きに陰りが……」

「そなた何者だ？」

桧山哲三郎が口をはさんだ。

「わしの話を先に聞いていただこう」

剣一郎は話を続けた。

「おそらく、そなたは富仙院について調べた。もちろん、富仙院の陰富を潰すつもりでだ。だが、意外な事実を摑んだ」

「そんな説明を聞いている暇はない」

「桧山どのは富仙院の背後にいる存在に気づいた。旗本の藤木勝右衛門どの」

「…………」

「御法度の陰富を旗本がやっていることを取り締まらせるために、寺社奉行とはいえ直参《じきさん》の旗本を訴えることにためらい、ご老中に相談した。その結果、旗本の藤木勝右衛門どのが分不相応《ぶんふそうおう》な贅沢な暮らしをしているという訴えがあったと、御徒目付にその探索が命じられ、一方で南町奉行には陰富の取り締まりが命じられた。両方の探索からことの真相を突き止めさせようとしたのではないか」

「そなた、何者なのだ?」

焦ったように、桧山哲三郎がきいた。

「桧山さま」

今まで黙っていた生駒屋がおそるおそる近寄ってきた。

「この御方は南町の青柳剣一郎さまです」

「そなたが青痣与力か」

「いかにも、青柳剣一郎でござる」

剣一郎は編笠を外し、言葉づかいも改めた。

「しかし、今は一介の浪人。寺社は支配違いでございますから」

「青柳どのが我らの前に現われるとは思いもしていなかった」

桧山哲三郎がため息混じりに言う。

「半年前の陰富で、一番富を当てた三人が十口ぶんの札を買っていた。大京寺の本富の関係者が親しい者にこっそり教えていたのです」

「いい加減な話をしよって」

桧山哲三郎は不快そうに言う。

「その三人のうち、ふたりに関与した者がここにおります。天翔堂と武三だ」

「なに」

「天翔堂」

剣一郎は天翔堂に声をかけた。

「同じ町内にある惣菜屋の主人に『鶴の一六四二番』を買うように勧めたな」

「ば、ばかな」

天翔堂はあわてた。

「本人に確かめた。間違いない」

「………」

天翔堂は言葉に詰まった。

「武三」

剣一郎は武三を呼ぶ。

「そなたは『はな家』の女中おまちに教えた。それだけでなく、押上村の富仙院の道場まで金をもらいに行くおまちに付き添って行った」

「武三、そうなのか」

桧山哲三郎は武三に確かめる。

武三は俯《うつむ》いている。

「天翔堂、そなたもか」

「少しでも富仙院の儲けを横取りしたかったのです」

「だが、そんなことをすれば怪しまれるだけではないか」

桧山哲三郎はうめくように言った。

「三人が十口ぶんの札を買っているとなると、事前に一番富の番号がわかっているのではないかという疑いが生じるのは必定《ひつじょう》。そこに思いを馳《は》せなかったのは迂闊《うかつ》だな」

「そうか。自分で自分の首を絞めたようなものか。もっと厳しく言い聞かせておけばよかった」

桧山哲三郎は自嘲《じちょう》した。

「桧山どのは、旗本藤木勝右衛門どのの内証《ないしょう》を調べている御徒目付の高岡弥之助が私の娘婿《むすめむこ》であることを御存じでしたね。高岡弥之助に探索を命じれば、私といっしょになったとき真相が明らかになる。そう読んで、陰富の探索を私が担《にな》うように仕向けた。いかがですか」

「そうだ。私は旗本藤木勝右衛門と富仙院の陰富を潰したかった。だが、こっちまで飛び火するとは……」

「もはや悪事は露顕いたしました。この上は潔《いさぎよ》く……」

「いや、青柳どの」

桧山哲三郎は厳しい顔になって、

「私にはここの富くじを守っていくという責務がござる。そして、目の前にいるのは南町の与力ではなく、浪人の青柳剣一郎どの。私のとるべき道はひとつしかござらん」

「桧山どの」

「わしの肩には、富くじに関わってきた何人もの運命がかかっているのだ。青柳どのに死んでもらわねばならぬのだ」

桧山哲三郎は自然体で立った。剣一郎は正眼《せいがん》に構える。

辺りはすっかり暗くなっていた。風が梢《こずえ》を揺らす。桧山哲三郎は隙《すき》だらけだ。剣一郎を誘い込もうとしていることがわかった。

剣一郎は間合いを詰める。だが、桧山哲三郎は動かない。さらに間合いを詰めた。斬り合いの間に入った。

その刹那《せつな》、桧山哲三郎は膝を曲げて腰を落とし、左手で鯉口《こいぐち》を切り、右足を踏み込んで伸び上がるようにして抜刀した。

凄まじい剣先が剣一郎の胴を襲った。剣一郎は飛び退《の》いて逃れるや、すかさず相手に斬り込んだ。

桧山哲三郎は素早く身を翻して上段から斬り返す。剣一郎はその剣を弾《はじ》き、さらに踏み込んだ。

桧山哲三郎も向かってきた。激しい斬り合いが続き、何度か剣一郎の剣先が相手の腕を掠めた。徐々に桧山哲三郎の呼吸が荒くなっていた。

さっと離れ、桧山哲三郎は刀を鞘に納め、再び自然体で立った。だらりと下げた左腕から血が流れ、顎も上がっている。

「桧山どの。ここまでにしよう」

剣一郎は剣を下げて言う。

「まだだ」

「いや、これ以上やっても無駄だ」

剣一郎は刀を鞘に納め、

「もはや、富くじの不正は挫折《ざせつ》したのだ。この後のそなたの役割は、いかに寺社奉行の迫田讃岐守さまに傷がつかぬか、そのことを考えるべきではないのか」

「……………」

「天翔堂に生駒屋」

剣一郎はふたりに迫った。

「そなたたちは不正の秘密を守らんために武三らを使い、平太と六郎を殺し、さらには初蔵と初次まで殺そうとした。その罪は大きい。この上、しらを切り通すならさらに罪を重ねることになる。今後、どう事態を収めるべきか、熟考するのだ」

続けて、剣一郎は武三たちに目を向け、

「そのほうはふたりの男を殺した。その罪からは逃れられぬ。だが、武三。そのほうの自白によっては、他のふたりの命を助けることが出来る。死罪は武三だけで、他のふたりは遠島で済むかもしれない」

武三は青ざめた顔で震えていた。

「太助」

剣一郎は声をかけた。

「引き上げる。三人を連れて来い」

「へい」

茫然と立っている桧山哲三郎の前を通って太助たちがやってきた。初蔵が剣一郎の前に立ち、

「青柳さま。危ういところをありがとうございました」

「初蔵、無茶をしおって」

「申し訳ございません。こんなお願いするのは図々《ずうずう》しいことだと重々承知でありますが、今回のことはあっしひとりがやったこと。長吉は関係ありません。お裁きはあっしひとりが……」

「なんのことだ?」

「へえ、天翔堂と生駒屋を強請り、金を……」

「待て。そのことはわしは知らぬ。ただ、そなたたちが富くじの不正に気づき、

真相を摑もうとしていたことだけは知っている」

「青柳さま」

初蔵は目頭を押さえて頭を下げた。

夜道を、剣一郎ら一行は谷中から不忍池の畔《ほとり》を通って引き上げた。

五

翌日、長吉は小間物屋の荷を背負い、三ノ輪町にやって来た。

おせいの家の前で躊躇《ちゆうちよ》した。一番富を当て、おせいを囲い者の身の上から助け出す。それは六郎の願いでもあったのだ。だから、六郎の遺志を受け継ぎ、強請りを働いてでも金を手に入れておせいを救おうとした。だが、それは叶わなかった。

富くじで当てたり、強請りをしたりして好きな女を助けようなどという根性がそもそも間違っていたのだと今なら思うが、一時はそのことしか考えられなかった。

だが、自分の手でおせいを助け出せなかったが、旦那の天翔堂は自滅したも同然だ。結果的にはおせいは解放されることになる。

（六郎。安心してくれ、おせいさんは自由になれるんだ）

長吉はおせいのことでは、微《かす》かな負い目も感じていた。六郎の遺志だと言い訳をしているが、ほんとうは自分が助けたかったのだ。一目見たときから、長吉はおせいに惹《ひ》かれた。六郎のことがなくても、自分は同じ気持ちを持っただろう。

だから、自分の力で救い出せなかったことに忸怩《じくじ》たる思いだった。それでも、おせいが解放されることは長吉の心を弾ませた。

大きく息を吐いて、長吉はおせいの家の格子戸を開けた。

おせいはすぐに長吉を居間に通してくれた。

長吉は硬い表情でおせいを見つめた。

「どうかなさいましたか」

おせいが不審そうにきいた。

「おせいさん。じつは天翔堂さんがある事件に巻き込まれてお縄になるかもしれないそうです」

「事件？」

おせいがきき返す。

「はい。いずれわかることですが、富くじに絡む不正です。だから、あなたは天翔堂さんから解放されるはずです」

その不正について語った。

「もうすぐ自由になれるのです。あとの暮らしのことはあっしだって手を貸します」

「そうですか」

黙って聞いていたおせいはようやく顔を向けた。その表情が曇っていることに、長吉はおやっと思った。

「どんなひとであっても私を世話してくれた御方です。その御方の不幸に乗じて自由になることは出来ません」

「えっ?」

長吉は耳を疑った。

「長吉さんのお気持ちはありがたいと思いますが、私は天翔堂さんのお言葉に従います」

「従う?」

「おそらく、旦那はこう言うはずです。俺の妾《めかけ》として一生を過ごせと」

「そんなの理不尽《りふじん》じゃありませんか」

「その代わり、暮らしに困らないように考える。そう言うはずです。ごめんなさい」

「………」

長吉は声が出せなかった。

だが、そういうおせいだからこそ惹かれたのだ。

「わかった。おせいさん。でも、これからも俺はここに来る。そして、いつかおせいさんの気持ちを俺に向けさせてみせる」

長吉は気負って叫ぶように言った。

おせいが微かに頷いたように思えた。


初蔵は初次に連れられて千駄木町《せんだぎちょう》にやってきた。団子坂《だんござか》の途中の道を入ったところにある長屋に入った。

「初次。俺に会わせたいっていうのは誰なんだ?」

「今にわかる」

傾いだ庇《ひさし》の長屋の一番奥の部屋の前に立った。初次は障子《しょうじ》に破れが目立つ戸に手をかけた。

黙って戸を開ける。

「さあ、入って」

初次は促す。

初蔵は土間に入った。薄暗い部屋にふとんが敷いてあって誰かが横になってい
た。

「初次かい」

女の声がして、ゆっくり起き上がる。

老いた女がこっちを見た。天窓の明りが女の顔を浮かび上がらせた。しばらく
見つめていた初蔵ははっとした。

「おきん」

「おまえさん」

おきんが頭を下げた。

「初次、どういうことだ？」

「黙っていて、すまねえ。一年前に、偶然に再会したんだ。そんときから臥《ふ》せっ
ていた」

「まさか、博打で負けた借金っていうのは……」

「嘘だ。俺はもう博打なんかやっていねえ。ただ、おっかさんの薬代が足りなくてあんな嘘を」

「そうかえ」

初蔵は憤然と言う。

「おまえさんに合わす顔はないって言っていたんだけど、初次が気を回して」

「生きておめえと会うとは思ってもいなかったぜ」

十五年振りの再会だった。

「何言われても仕方ないわ」

「体のほうはどうなんだ？」

「初次がいい薬を手に入れてくれたので、お医者さんもびっくりするくらいよくなっているわ」

「そうか。そいつはよかった」

不思議だった。こっぴどく裏切られたはずなのに、怒りは込み上げてこなかった。

「それにしても、こんなところにいたんじゃ治る病気も治らねえ。初次」

「なんだ？」

「横網町に俺が今厄介《やっかい》になっている家がある。そこに連れていけ」

「おまえさん」

おきんは目を見開いた。

「私が憎くないのかえ」

「憎いさ。腸《はらわた》が煮えくり返っている。だが、それ以上に初次の母親が元気だったことがうれしいんだ」

「おとっつあん」

「なんて顔してるんだ。さっそく引っ越しの手配だ」

長吉は自分の長屋に帰って、横網町の荒物屋の二階は空いている。

「俺、じつは親方に許しをもらったんだ。もう一度、指物師《さしものし》の修業をやり直す」

「よく言った」

初蔵は胸が熱くなった。

「おきん、おめえのおかげだ」

初蔵はおきんに微笑んだ。

数日後、寺社奉行迫田讃岐守より要請があり、大京寺の富くじの不正の一件を南町奉行所が受け持つことになった。

すでに、南町奉行所に天翔堂、生駒屋、そして武三たちが自訴していた。この件は定町廻り同心《じょうまちまわりどうしん》が受け持つことになり、取り調べをはじめた。

さらに数日後、剣一郎の屋敷にやって来た植村京之進の報告では、大京寺の富くじの不正は、寺社奉行迫田讃岐守の物頭《ものがしら》桧山哲三郎が独断で、大京寺の有力檀家《だんか》である天翔堂や生駒屋などと示し合わせて行なったものであると自白したという。

桧山哲三郎は自ら罪を一身に負い、お家を守ったのだ。腹を切らず、縄目の恥《ち》辱《じょく》を厭《いと》わなかったのは、自ら進んで不正の事実を打ち明けることで、讃岐守を守ろうとしたのであろう。だが、いずれ讃岐守も責任をとって寺社奉行を退《しりぞ》くことになろう。

天翔堂や生駒屋らについては、桧山哲三郎が寺社奉行の権威を笠に着て強要したと申し出ており、情状が認められて遠島で済む見通しだ。また、殺しに関わった三人のうち、実際に手にかけたのは自分ひとりだと武三が自白しており、武三は獄門、あとのふたりは遠島という形になりそうだった。

さらにそれからふつか後の夜、剣一郎の屋敷に弥之助がやって来て、旗本藤木勝右衛門の調べのことを話した。

「陰富をやっているという確かな証が見つからず、怪しいながらもこれ以上の調べは意味がないことをご老中にご報告いたしました」

「そうか。証がなかったか」

剣一郎は疑わしそうに弥之助の顔を見つめた。

「はい。ただ、藤木勝右衛門どのは体調も優《すぐ》れず、家督《かとく》を十八歳の嫡男に譲《ゆず》り、隠居なさるとのことでございました」

「そうか」

「申し訳ございません。私の力不足で藤木勝右衛門さまを追及出来ませんでした。なれど、もう陰富は行なわれないと思います」

「なぜ、そう思うのだ?」

「それは……」

「藤木どのが仰ったか」

「いえ、それは……」

弥之助はしどろもどろになった。

「大京寺が富くじを廃止しても、今度は別の寺社の富くじを利用すればよいはずだ。それなのに、どんな根拠があってもう陰富はないと言い切れるのか」

「はっ」

弥之助は返答に窮《きゅう》した。

「弥之助、そなたはやはり藤木勝右衛門どのの子どもたちに同情したな。特に、十六歳の娘御は同じ旗本の家に嫁ぐことになっていたそうではないか」

「………」

「ひとを哀れむことは大事だ。だが、そのために己の仕事が疎《おろそ》かになっていいのか。この先の出世にも響きかねぬ」

「ひとの不幸を踏み台にして出世しても私は仕合わせな気持ちにはなれません。るいもわかってくれました」

「るいに相談したのか」

「はい。こうするとお役目を果たせなかったことになり、出世に響くかもしれないと話しました。るいは、出世など望まない。貧しくとも心豊かに暮らしていくほうがどんなに仕合わせかと言ってくれました」

「そうか。るいがそう申したか」

「はい。それから、父上も同じ考えだと思います、とも」

「そうか」

剣一郎は苦笑した。

「ただ、藤木勝右衛門さまを追及出来なかったために、富仙院のほうも手出しが出来なくなったことについては、どんなにお詫びを申し上げねばならないかと心を痛めております」

弥之助は深々と頭を下げた。

「気にするな。わしも富仙院の陰富を明かすことは出来なかったとお奉行にお詫びを申し上げてきたばかりだ」

「まことですか」

「うむ。富仙院はあの道場を畳んで、もう一度羽黒山で修行をするそうだ」

「さようでございましたか」

「今回は父子で、お役目に失敗したようだな。だが、このように清々《すがすが》しい失敗ははじめてだ」

剣一郎は満足そうに笑った。

「あっ、蛍《ほたる》が」

いきなり、弥之助が声を発した。

剣一郎も庭に目をやる。草木が繁る辺りで蛍が青黄色の光を放っていた。

「あそこにも。あっ、あっちにも」

弥之助が感嘆《かんたん》の声を上げた。

「どこかから迷い込んできたのか」

無邪気に喜ぶ弥之助を好ましく思いながら、剣一郎も蛍に見とれた。青や紫に色づいた紫陽花《あじさい》の近くでも蛍火が輝いていた。

夢の浮橋

一〇〇字書評

切り取り線

購買動機（新聞、雑誌名を記入するか、あるいは○をつけてください）	
□（　　　　　　　　　　　　）の広告を見て	
□（　　　　　　　　　　　　）の書評を見て	
□ 知人のすすめで	□ タイトルに惹かれて
□ カバーが良かったから	□ 内容が面白そうだから
□ 好きな作家だから	□ 好きな分野の本だから

・最近、最も感銘を受けた作品名をお書き下さい

・あなたのお好きな作家名をお書き下さい

・その他、ご要望がありましたらお書き下さい

住所	〒				
氏名		職業		年齢	
Eメール	※携帯には配信できません		新刊情報等のメール配信を 希望する・しない		

この本の感想を、編集部までお寄せいただけたらありがたく存じます。今後の企画の参考にさせていただきます。Eメールでも結構です。

いただいた「一〇〇字書評」は、新聞・雑誌等に紹介させていただくことがあります。その場合はお礼として特製図書カードを差し上げます。

前ページの原稿用紙に書評をお書きの上、切り取り、左記までお送り下さい。宛先の住所は不要です。

なお、ご記入いただいたお名前、ご住所等は、書評紹介の事前了解、謝礼のお届けのためだけに利用し、そのほかの目的のために利用することはありません。

〒一〇一－八七〇一
祥伝社文庫編集長　坂口芳和
電話　〇三（三二六五）二〇八〇

祥伝社ホームページの「ブックレビュー」からも、書き込めます。
http://www.shodensha.co.jp/bookreview/

祥伝社文庫

夢《ゆめ》の浮橋《うきはし》　風烈廻《ふうれつまわ》り与力《よりき》・青柳剣一郎《あおやぎけんいちろう》

平成30年7月20日　初版第1刷発行

著　者　小杉健治《こすぎけんじ》
発行者　辻　浩明
発行所　祥伝社《しょうでんしゃ》
東京都千代田区神田神保町3-3
〒101-8701
電話　03（3265）2081（販売部）
電話　03（3265）2080（編集部）
電話　03（3265）3622（業務部）
http://www.shodensha.co.jp/
印刷所　堀内印刷
製本所　ナショナル製本
カバーフォーマットデザイン　中原達治

本書の無断複写は著作権法上での例外を除き禁じられています。また、代行業者など購入者以外の第三者による電子データ化及び電子書籍化は、たとえ個人や家庭内での利用でも著作権法違反です。
造本には十分注意しておりますが、万一、落丁・乱丁などの不良品がありましたら、「業務部」あてにお送り下さい。送料小社負担にてお取り替えいたします。ただし、古書店で購入されたものについてはお取り替え出来ません。

Printed in Japan ©2018, Kenji Kosugi　ISBN978-4-396-34441-2 C0193

祥伝社文庫の好評既刊

小杉健治
花さがし
風烈廻り与力・青柳剣一郎㉗
少女を庇《かば》い、記憶を失った男に迫る怪しき影。男が見つめていた藤の花に秘められた想いとは……剣一郎奔走す！

小杉健治
人待ち月
風烈廻り与力・青柳剣一郎㉘
二十六夜待ちに姿を消した姉を待ち続ける妹。家族の悲哀を背負い、行方を追う剣一郎が突き止めた真実とは⁉

小杉健治
まよい雪
風烈廻り与力・青柳剣一郎㉙
かけがえのない人への想いを胸に、佐渡から帰ってきた鉄次《てつじ》と弥八《やはち》。大切な人を救うため、悪に染まろうと……。

小杉健治
真《まこと》の雨（上）
風烈廻り与力・青柳剣一郎㉚
野望に燃える藩主と、度重なる借金に疲弊する藩士。どちらを守るべきか苦悩した家老の決意は――。

小杉健治
真の雨（下）
風烈廻り与力・青柳剣一郎㉛
完璧に思えた〝殺し〟の手口。その綻《ほころ》びを見つけた剣一郎は、利権に群れる巨悪の姿をあぶり出す！

小杉健治
善の焔《ほのお》
風烈廻り与力・青柳剣一郎㉜
牢屋敷近くで起きた連続放火事件。付け火の狙いは何か！　くすぶる謎を、剣一郎が解き明かす！

祥伝社文庫の好評既刊

小杉健治
美の翳《かげり》 風烈廻り与力・青柳剣一郎㉝
銭に群がるのは悪党のみにあらず。奇怪な殺しに隠された真相とは⁉ 人間の気高さを描く「真善美」三部作完結。

小杉健治
砂の守り 風烈廻り与力・青柳剣一郎㉞
矢先稲荷《やさきいなり》脇に死体が。検死した剣一郎は剣客《けんかく》による犯行と判断。三月《みつき》前の刃傷事件と絡め、探索を始めるが……。

小杉健治
破暁《はぎょう》の道（上） 風烈廻り与力・青柳剣一郎㉟
女房が失踪。実家の大店「甲州屋」の差金だと考えた周次郎《しゅうじろう》は、甲府へ。旅の途中、謎の刺客に襲われる。

小杉健治
破暁の道（下） 風烈廻り与力・青柳剣一郎㊱
江戸であくどい金貸しの素性を洗っていた剣一郎。江戸と甲府で暗躍する、闇の組織に立ち向かう！

小杉健治
離れ簪《かんざし》 風烈廻り与力・青柳剣一郎㊲
夫の不可解な病死から一年。早くも婿を取る商家。奥深い男女の闇――きな臭い女の裏の貌《かお》を、剣一郎は暴けるのか？

小杉健治
霧に棲《す》む鬼 風烈廻り与力㊳
十五年前にすべてを失った男が帰ってきた。哀しみの果てに己《おのれ》を捨てた復讐鬼を、剣一郎はどう裁く⁉

祥伝社文庫の好評既刊

今村翔吾 火喰鳥《ひくいどり》 羽州《うしゅう》ぼろ鳶《とび》組

かつて江戸随一と呼ばれた武家火消・源吾《げんご》。クセ者揃いの火消集団を率いて、昔の輝きを取り戻せるのか!?

今村翔吾 夜哭烏《よなきがらす》 羽州ぼろ鳶《とび》組②

「これが娘の望む父の姿だ」火消としての矜持を全うしようとする姿に、きっと涙する。最も"熱い"時代小説!

今村翔吾 九紋龍《くもんりゅう》 羽州ぼろ鳶《とび》組③

最強の町火消とぼろ鳶組が激突!? 残虐な火付け盗賊を前に、火消は一丸となれるのか。興奮必至の第三弾!

今村翔吾 鬼煙管《おにきせる》 羽州ぼろ鳶《とび》組④

京都を未曾有の大混乱に陥れる火付犯の真の狙いと、それに立ち向かう男たちの熱き姿!

今村翔吾 菩薩花《ぼさつばな》 羽州ぼろ鳶《とび》組⑤

「大物喰いだ」諦めない火消たちの悪あがきが、不審な付け火と人攫いの真相を炙り出す。

簑輪 諒 最低の軍師

一万五千対二千! 越後の上杉輝虎に攻められた下総国臼井城を舞台に、幻の軍師白井浄三の凄絶な生涯を描く。

祥伝社文庫の好評既刊

長谷川　卓　**戻り舟同心**

齢《よわい》六十八で奉行所に再出仕。ついた仇《あだ》名《な》は〝戻り舟〟。「この文庫書き下ろし時代小説がすごい！」〇九年版三位。

長谷川　卓　**戻り舟同心　夕凪《ゆうなぎ》**

「二十四年前に失踪した娘が夢枕に立った」――荒唐無稽《こうとうむけい》な老爺《ろうや》の話を愚直に信じた伝次郎。早速探索を開始！

長谷川　卓　**戻り舟同心　逢魔刻《おうまがとき》**

長年子供を拐《かどわ》かしてきた残虐非道な組織の存在に迫り、志半ばで斃《たお》れた吉三。彼らの無念を晴らすため、命をかける！

長谷川　卓　**戻り舟同心　更待月《ふけまちづき》**

皆殺し事件を解決できぬまま引退した伝次郎。十一年の時を経て、再び押し込み犯を追う！　書下ろし短編収録。

長谷川　卓　**父と子と**　新・戻り舟同心①

死を悟った大盗賊は、昔捨てた子を捜しに江戸へ。彼の切実な想いを知った伝次郎は、一肌脱ぐ決意をする――。

長谷川　卓　**雪のこし屋橋**　新・戻り舟同心

静かに暮らす遠島帰りの老爺に、忍び寄る黒い影――。永尋＝迷宮入り事件を追う、老同心は粋な裁きを下す。

〈祥伝社文庫　今月の新刊〉

江上　剛
庶務行員　多加賀主水《たかがもんど》が泣いている
死をもって、銀行員は何を告発しようとしたのか？　雑用係がその死の真相を追う！

東川篤哉
ライオンの歌が聞こえる　平塚おんな探偵の事件簿2
獰猛な美女探偵と天然ボケの怪力助手。最強タッグが謎を解くガールズ探偵ミステリー！

西村京太郎
特急街道の殺人
越前と富山高岡を結ぶ秘密――十津川警部、謎の女「ミスM」を追う！

沢里裕二
六本木警察官能派　ピンクトラップ捜査網
ワルいヤツらを嵌めて、美人女優を護る。これが六本木警察ボディガードの流儀だ！

鳴神響一
飛行船月光号殺人事件　謎ニモマケズ
犯人はまさかあの人――？　空中の密室で起きた連続殺人に、名探偵・宮沢賢治が挑む！

長谷川卓
空舟《うつろぶね》　北町奉行所捕物控
正体不明の殺人鬼《絵師》を追う最中に現れた敵の秘剣とは？　鷲津軍兵衛、危うし！

小杉健治
夢の浮橋　風烈廻り与力・青柳剣一郎《あおやぎけんいちろう》
富くじを手にした者に次々と訪れる死。庶民の夢、富くじの背後にいったい何が――？

野口　卓
師弟　新・軍鶏侍《しゃも》
老いを自覚するなか、息子や弟子たちの成長を見守る源太夫。透徹した眼差しの時代小説。